記憶書店うたかた堂の淡《たん》々《たん》

野村美月

講談社
タイガ

イラスト――本山はな奈
デザイン――坂野公一（welle design）

目次

第一話「あなたと見た美しい世界は」…… 7
第二話「愛を語るのに最適な方法」…… 73
第三話「美食の代償」…… 141
第四話「あけるの初恋」…… 171
第五話「薔薇《ばら》の叛旗《はんき》とぺんぺん草の矜持《きょうじ》」…… 231
第六話「おじいちゃんの遺産」…… 277

記憶書店うたかた堂の淡々《たんたん》

第一話

「あなたと見た美しい世界は」

静乃《しずの》の目には、いつも美しいものばかり見えていた。

真っ青な空からぱらぱらぱら落ちる天気雨と、そのあとにかかる透きとおった七色の虹《にじ》。重なりあう緑の葉のあいだから、くすくす笑っているみたいに降り注ぐ優しい木漏れ日。古い町並みを、金と朱色の輝きで包みながら沈んでゆく夕日。輪郭《りんかく》にほのかな光をにじませた細長い雲と、薄桃色の空。世界を浄《きよ》めながら昇ってゆく、まぶしい太陽。ふわりふわりと踊りながら落ちてくる淡いピンク色の花びら。どこまでも続いてゆく桜並木。足元で揺れる黄色いたんぽぽ。

「哀《かな》しくて苦しくて、胸がふさいでどうしようもないときは、綺麗《きれい》な景色を思い出してみてください」

生きづらさや憂鬱《ゆううつ》を抱《かか》えてクリニックを訪れるひとたちに、静乃はそうアドバイスしていた。

「目を閉じて、頭の中に綺麗な優しい風景を思い浮かべて、今、自分がそこにゆったりと立っているように想像してみるんです。ああ、なんて美しい景色だろうって……」

それはセラピストである静乃自身が普段から心がけていることで、気持ちが暗くなったり、体が疲れていると感じているとき、過去の記憶の中から綺麗な景色を取り出して、ゆったりと本をめくるように眺《なが》める。

そうすると、自分がその場所にいるようなおだやかな気持ちになれた。

だから静乃は胸を震わせる体験をするたび、記憶の書庫にためておく。静乃のイメージの中で、それらは薄桃色や淡い空色や可愛《かわい》らしい黄色の表紙をしていて、どれも静乃の宝物だった。

大崎誠《おおさきまこと》に出会ってから、静乃の書庫には綺麗な表紙の本が日に日に増えてゆく。この前の休日には、明治生まれの歌人与謝野晶子《よさのあきこ》も訪れた会津の五色沼《ごしきぬま》や檜原湖《ひばらこ》のあたりを、ふたりでのんびり散策した。

湖沼《こしょう》ども柳《やなぎ》葉《ば》翡翠《ひすい》竜胆《りんどう》のいろ鴨跖《つき》くさの青をひろぐる

動かざること青玉《せいぎょく》に変らねど落ちて走れる音ある湖水

そんな胸をとどろかすような美しい歌を、晶子は何首も詠《よ》んでいる。

静乃は古い日本文学が好きで、誠も静乃の影響でそうした本を読むようになり、ふたりの旅先はいつも文学にゆかりの土地だった。

どこからか凛《りん》とした鈴の音が聞こえてきそうなくらい、ひんやりと澄み渡る空気の中、

――足元が悪いから気をつけて。

控《ひか》え目《め》に差し出された誠のごつごつした手に、静乃の細い指が恥ずかしそうに絡まって、少し年季の入った男物の運動靴と、かかとがぺたんこな華奢《きゃしゃ》な女性もののウォーキングシューズが仲良く並んでいて、やわらかな土の上を、のんびり、ゆっくり、歩いていった。

湖の前に並んで立ったときは、晶子が青玉にもたとえた水の青さや、どこまでも静謐《せいひつ》なたたずまいに溜息《ためいき》がこぼれた。それを彩《いろど》る周囲の木々が赤く黄色く色づいている様子にも、おだやかな気持ちで目を細めて。

今から八十年も前に、晶子もわたしと誠さんが見ているのと同じ景色を見たんだわ……。

そう考えるだけで、目の前に広がる静かで端正な風景が、いっそう愛《いと》おしく美しく感じられ、頰《ほお》が紅潮し唇《くちびる》がほころんでゆくのだった。

「本当に素敵で、まるで明治に描かれた古い絵のような趣《おもむ》きでした」

休暇明けに、静乃が勤務するメンタルクリニックの院長であり、大学時代の恩師でもある加納《かのう》に夢見心地で語ると、加納はわずかに笑みを含んだ声で、

「静乃くんは、いくつになっても少女のようで想像力が豊かだね」

と言った。

その口調にどことなく翳《かげ》りを感じて、もしかしたら大学を卒業してからもう四年にもなるのに浮ついていると、あきれられているのかもしれないと少し心配になった。

誠と出かけるようになってから、静乃は以前はかかさず参加していた休日の勉強会よりも誠とのデートを優先させるようになり、自分でもはしゃぎすぎなのではと反省することがたびたびある。

目をかけてもらっている恩師に期待外れだと思われるのは、とても申し訳ないことだ。

それと同じくらい、誠にもそんなふうに認識されていたら恥ずかしいので、大人の女性らしく知的に控え目にしていようと思うのだが、彼の前ではいつもしゃべりすぎてしまうし、ふわふわしたあまい気持ちになって、子供っぽくはしゃいでしまうのだった。

——ごめんなさい、わたしばかりおしゃべりして。

誠も好きだと言ってくれた本について、静乃が嬉《うれ》しくてつい延々と熱弁を振るってしま

い、そのことを恥じ入りながら謝ると、

——いいや……おれは静乃さんのおかげで本を読むのが好きになったけれど、読んだ感想をうまく語るのは、あまりその……得意じゃないみたいだから。静乃さんの話を聞いていると、ああ、おれが感じているのは、そういうことだったんだなとか、逆にそんな考えかたもあるんだって……感心するし楽しい。

少しぎこちないけれど一生懸命な感じのする声で、そう言ってくれた。

男性は自分が心から大切に思っている異性に対しては、聞き役に徹する。もし男性が女性の言葉に熱心に耳を傾け、否定的な言葉を口にすることなく、肯定の意を示してくれるなら、それはその女性が彼に愛されている証拠——そんな説を思い出して、こっそり胸をときめかせていた。

工場で働いている誠からはいつも少し機械油の香りがした。その香りも静乃はすぐに好きになり、誠と待ち合わせをしているときも、その青々とした草を燃やしたような香りがふっと鼻をくすぐると、ああ誠さんだわ、と嬉しくなり、安心した。

隣に誠の匂《にお》いとあたたかな体温を感じながら、大きな靴と小さな靴を並べて見渡す世界は、隅々《すみずみ》まで美しくおだやかだ。

次は誠さんと、どんな文学の舞台へ出かけよう。

きっとまた静乃の記憶の本棚に、優しい淡い色の背表紙の本が増えるのだろう。

なんの疑いもなく、そう思っていた。

まさか、大崎誠という男性がこの世に存在しないだなんて、まったく想像したこともなかった。

◇　◇　◇

「ごめん……もう会えない」

激しい哀しみにひび割れた声で切れ切れに語られる彼の言葉を、携帯の留守番電話で聞いたとき、静乃はなにが起こったのかわからなかった。

急いで誠の携帯にかけ直したが、「この電話番号は、現在電波の届かない場所にあるか電源が入っておりません」という機械的なメッセージが流れるだけで、繋《つな》がらない。

何度かけ直しても同じだった。

以前なら昼休みや終業後は、誠はすぐに電話に出てくれたし、誠からも静乃の携帯にかかってきていたのに。

誠さん、どうしたの？　もう会えないってどういうこと？

留守電に『静乃です、連絡をください』『心配しています』とメッセージを入れても、その返信もない。以前の誠からは考えられないことだ。誠は連絡や時間にマメで、待ち合わせにはいつも絶対に静乃より先に来ていたし、静乃を不安にさせるようなことも一切なかったのに。

わたし、避けられている？

それにあんなに苦しそうに。誠さんは病気なんじゃ。

「静乃くん、どうしたんだい？　悩みごとのある顔をしているが」

連絡がとれなくなってから三日目。

昼休みにお弁当箱を開いたまま手をつけずにいたら、加納が話しかけてきた。世間話でもするような口調だが、普段から静乃のことを、なにかと気にかけてくれているので、きっと今も静乃が話しやすいよう、わざと明るく言ってくれているのだろう。

「いいえ、大丈夫です。ちょっと疲れていて」

そう答えると、少し間《ま》があって、

「そうかい。無理はしないようにな。それと私のカウンセリングは静乃くんなら、いつでも予約なしの無料だよ」

と言われた。

やっぱり心配されている。

この三日間、昼休みのたびに電話をかけては溜息をついていたので、無理もない。恩師に気をつかわせていることを心苦しく感じながら、静乃は、

「ありがとうございます」

とお礼を言って、無理に笑ってみせた。

半年先まで予約で埋まっている優秀なセラピストである加納に、そんなおざなりな演技が通じたかどうかはわからない。

「もしかしたら……彼氏のことかね？」

かえって探るように訊《き》かれてしまい、曖昧《あいまい》に言葉を濁《にご》した。

◇　◇　◇

この日の終業後、静乃は思いきって誠の職場を訪ねてみることにした。社名と工場の場所は聞いていたので、最寄り駅で下車してからは人に尋《たず》ねながら道を進んでゆくと、どうにか辿《たど》り着《つ》いたようだ。駐車場に設置されているボックスタイプの管理室で、

「すみません、こちらにお勤めの大崎誠さんはまだご在社でしょうか」

と尋ねると奇妙な沈黙があり、少し嗄《か》れた感じの老いた声が答えた。

「工員の大崎誠さんならば、一年前にご病気で亡くなっとりますけど。大崎さんに、どう

いったご用ですか」

静乃は愕然《がくぜん》とした。

誠さんが、亡くなってる!?

そんなことがあるのだろうか?

きっとなにか誤解が生じているに違いないと、

「わたしは大崎さんの友人です。先週も彼に会いました」

そう伝え、誠から聞いた年齢や、この工場で働いていることを説明した。同姓同名のかたと間違えているのではないかと。

「三十三歳の大崎誠さんなら、やっぱり亡くなった大崎さんであっとりますよ。まだ若いのにって、みんな気の毒がってましたから。他《ほか》に同じ名前のひともいませんよ」

身体《からだ》がすーっと冷たくなり、足元に穴が空いたみたいだった。

どういうことなのだろう?

大崎誠というひとが一年も前に亡くなっているなら、静乃が会っていた彼はいったい誰なのか?

考えられる可能性としては、彼が偽名を名乗っていたということで、もしかしたらこの工場に勤めていると言ったのも嘘《うそ》だったのかもしれない。

だとしたら何故《なぜ》、そんなことをしたのか？

頭の中がぐるぐる回っているようで、静乃はおぼつかない足取りで工場から離れた。

地面を踏んでいる感覚がなく、自分が今どこをどう歩いているのかもわからない。

わたしの知っている誠さんは、どこへ行ってしまったの？

誠さんは、わたしを騙《だま》していたの？

ううん、誠さんはわたしにお金をせびるようなことは一度もなかったし、もし結婚詐欺《さぎ》なら、弁護士とか社長とか裕福そうな職業を名乗るのではないかしら？

誠からはいつもかすかに機械油の香りがしていて、静乃にぎこちなく差し出される手もごつごつと硬かった。高校を卒業してからずっと工場で働いていると語ったあの言葉に嘘はないはずだ。

誠と知り合ってから一年近くになり、泊まりがけの旅行にも何度か出かけたが、彼が静乃にふれてくることはなかった。

——ごめん……静乃さんのこと、大切にしたいから。おれなんかが静乃さんを汚したらいけない気がして。

とてもつらそうにそう言った。

静乃は誠とならばいいと思っていたし、旅行に誘われたときも、そうしたことがあるのではと期待もしていた。

けれど誠は、静乃を汚したくないと言う。

もしかしたら誠さんは、わたしに男性との交際の経験が一度もないのを気にしているのかもしれない。


——わたし、男のひととお出かけするのは、先生以外のかたでは大崎さんがはじめてで……。加納先生はわたしが大学のとき客員講師をされていたんです。それで、卒業するときに、先生のクリニックでセラピストとして働かないかと声をかけていただいたんです。わたしの亡くなった父と同じくらいのご年齢なので、父が生きていたら先生のような感じだったのかなと思います。父もわたしに過保護でしたから。

わたしがそんなことを言ったから……。大事にしようとしてくれているのかも。

そう納得してしまうほど、誠は静乃にひたすら優しかったのだ。

そうだわ、誠さんは優しかった。

わたしを傷つけることなんて、一度もしたことがない。

ならば、どうしてわたしにずっと嘘をついていたの？

何故、亡くなっているひとの名前を名乗ったの？

　今、どこにいるの？

　何故、あんなつらそうな声で、もう会えないなんてメッセージを残したの？

　なにかにつまずいて身体ががくんと前にのめった。転びそうになり、どうにかこらえる。

　ここはどこだろう？　うなだれたまま泣いてしまいそうになったとき。

　ふわりと、甘い香りがした。

　バニラのような、干し草のような……。

　それとインクと、古い紙。

　これは本の香り？

　そうだ、大学の書庫に入るとよくこんな香りがして……。

　本のページをめくるときの、ぱらぱらという音が聞こえたような気がして、耳の奥がこそばゆくなり——。

すぐに香りも、音も、とけるように消えた。

耳の違和感もなくなっている。

今のは、なんだったのだろう?

あんまり疲れ切っていて意識が朦朧《もうろう》として、夢とうつつの境が曖昧になっているのだろうか?

いっそこれまでのことは全部夢で、目覚めたら誠さんが隣にいてくれたらいいのに。

そのとき、頭の奥に激痛が走った。

――行かなければ。

そんな狂おしいほどの強い気持ちが突き上げ、頭だけでなく胸も喉《のど》も、あらんかぎりの力で締めつけられているように痛み出す。

――行かなければ、あの場所へ。

――早く！　一刻も早く！　もう時間がない！

凍《こご》えそうに冷たい雪が激しく舞う、コールタールのように暗い海が日の裏に浮かんだ。

空は分厚い灰色の雲におおわれて、太陽の光はまったく見えない。雪で湿った砂もすべて凍《こお》りつきそうだ。

そうだ。行かなくては。

わたしにはもう時間がない。

鋭い刃で切りつけられているような痛みに、立っていられずしゃがみ込む。

いったい、どうなっているの？

わたしはどうしてしまったの？

早く、行かなくちゃ。

そうだわ、わたしはあそこへ行こうとしていて、電車やバスももうとっくに調べ終わっている。

とても大事なことなのに、どうして忘れていたのかしら？

最初の激しい痛みが引いたあとも、胸がずっと締めつけられているような苦しさと、追い立てられているような焦りは残っていた。

わかっているのは、あの凍えそうな冷たい風景が広がる場所へ行かなければならないということ。

何故そう思うのかもわからない。
でも行かなきゃ。他に、誠さんを見つける手がかりがない。

大丈夫ですか？　救急車を呼びましょうかと声をかけてくれたひとにお礼を言って、静乃はまだよろける足で立ち上がり、一人暮らしをしている都内のマンションに帰宅した。勤め先のクリニックに、体調がすぐれないので明日はお休みしますとメールを入れ、簡単な旅支度を調え、夜行バスに乗り北へ向かった。

静乃が見たあの暗い海は日本海で、あそこは新潟だ。

そのことを、静乃は知っている。

でもどうして唐突に浮かんだそんな陰鬱《いんうつ》な光景が、誠と結びついていると、こんなにも確信しているのだろう？

窓の外を青白いライトが流れてゆく。

雨粒がぽつぽつと窓に貼《は》りつき、背中からぞくぞくと寒気が這《は》い上《あ》がってくる。胸がぎゅっと締めつけられる感覚はずっと続いていて、わたしはいったいなにを恐れているのかしら？　と心配になるほどに、頭の中に暗い闇《やみ》が、湧《わ》き起《お》こる雲のように広がってゆき、胸もいっそう苦しくなる。

思い出すな。

そんな声がして、それが自分の声なのか、誰か別のひとの声なのかも判然とせず、重く苦しい不安が増すばかりだ。

いけない。不安に囚《とら》われてしまったら、またうずくまってしまう。

綺麗なことや、嬉しいことを、考えよう。

心の中にある本棚から、静乃はいつもそうしているように、綺麗な色をした薄い本を取り出して、眺める。

淡い桜色の冊子は、誠に出会ったときのものだ。

あたたかな春の風が駆け抜け、花屋に甘酸っぱいスイートピーや、ひんやりした水仙や、ピンクのお菓子のように甘いリューココリーネの香りがただよいはじめるころ。

あの日の夕刻、仕事を終えて帰宅しようとしていた静乃は、駅で定期を出そうとしてうっかり鞄《かばん》の中身をばらまいてしまった。

恥ずかしさに頬を熱くして身をかがめて拾い集めていたら、通りかかった誠が手伝ってくれたのだ。

――『万葉集』……？　これも、きみの？

話しかけてきた声はたいそう遠慮がちでぎこちなく、差し出された手からは葉っぱを煮詰めたような機械油の香りが、かすかにただよっていた。

——はい、繰り返し読んでいる大切な本なんです。ご親切に拾ってくださって、ありがとうございました。

静乃がお礼を言うと、彼はまたぎくしゃくした口調で『……気をつけてね』と言って離れていった。

数日後の夕方。

静乃が駅の改札に向かって歩いていたら、機械油の香りがふっとして、

——先日、ご親切にしてくださったかたですか？

尋ねたら、

——あ、いえ……はい。

うろたえている声で答えたのだった。

——先日は、どうもありがとうございました。

——いいえ。たまたま通りかかっただけですから。

そのまま同じ電車に乗り、相手から話題に困っているような沈黙があり、そんなとき静乃が手にさげた鞄から背表紙が見えたのだろう。

——今日は『奥の細道』ですか？

と尋ねてきた。

静乃もほっとして、はい、と答えた。

——日本の古典文学が好きで。この前拾っていただいた『万葉集』もそうですけれど、日本の四季や自然が歌や文章にとても綺麗に描《えが》かれていて、うっとりしてしまうんです。

いいなぁ、わたしも見てみたいなぁって。

つい話しすぎてしまって静乃が恥じらいながら、

——すみません。でも『万葉集』は本当におすすめなので、良かったら読んでみてください。

と言うと、ぎこちなくだが、

——うん、そうしてみます。

と答えてくれた。

それから駅でよく会うようになり、帰宅のルートが同じことを知った。静乃が勤務するクリニックがある駅は、ちょうど乗り換え駅なのだという。

話題はほとんど本のことで、静乃がすすめた本の感想がぽつぽつとぎこちなく、でも誠実に一生懸命に語られるのを聞くたび、静乃は嬉しくなり、また別の本をすすめてしまった。この小説で語られる風景も、それは素敵なのだと。

知り合って二ヵ月ほど過ぎたころ。

誠から万葉植物園へ行ってみないかと誘われた。『万葉集』で詠まれた花や草木を集めた庭園で、静乃は即座に、

――はい！　行きます！　行ってみたいです！


と答えた。

植物園も楽しみだったけれど、誠とはじめて駅と電車以外で会うのにも胸がドキドキしていた。

そのころにはもう機械油の香りを駅で探すほどで、その香りを見つけると頬が自然とほころんだ。

誠と出かけた植物園はちょうど梅雨の季節で、紫陽花《あじさい》と花菖蒲《はなしょうぶ》が満開だった。淡い紫や青や白、ピンクの紫陽花が前日に降った雨にしっとりと濡《ぬ》れ、そこに透明な陽の光があたって、きらきらと輝いていて、静乃はこんなに綺麗で可愛くて、懐《なつ》かしい優しい光景は見たことがないと思った。

紫の花菖蒲が、凛としたたたずまいで沼地に群生しているのにも感動して、誠が足元が悪い場所で手をとってくれて、綺麗な靴が泥で汚れてしまわないかと気遣《きづか》ってくれるのに

も、ときめいた。

誠の大きな靴と、静乃の小さな靴が仲良さそうに並んでいて、誠のごつごつした手に静乃のほっそりした白い指が包まれているのにも、幸せを感じていた。

それからは、誠とあちこち出かけた。

夏目《なつめ》漱石《そうせき》の『三四郎』で三四郎とヒロインの美禰子《みねこ》が出会う育徳園心字池を、東京大学のキャンパスまで見に行ったり、太宰治《だざいおさむ》の『ヴィヨンの妻』に出てくる井の頭恩賜公園へ行って、作中の人物のようにベンチに座って池を眺めてみたり、千駄木にある高村光太郎《たかむらこうたろう》と智恵子《ちえこ》が暮らした旧居跡を訪ねたり。

はじめは都内を、それからだんだん遠出や泊まりがけで旅行するようになり『伊豆《いず》の踊子《おどりこ》』や『潮騒《しおさい》』『雪国』『銀河鉄道の夜』の舞台を巡り、『奥の細道』で芭蕉《ばしょう》が歩いた地もふたりで一緒に歩いた。

『万葉集』や『古今和歌集』『伊勢物語《いせものがたり》』が誕生した奈良《なら》、京都でも、美しい景色にたくさん出会った。

青い空に、朱色の雲のように広がるあでやかな紅葉の群れ。空だけではなく、池までも朱色や黄金に染めて。色あざやかな絵巻物を空に広げてゆくように、どこまでも赤と金が続いてゆく。紅葉鳥《もみじどり》の異名を持つ鹿《しか》が、ほっそりした足で優雅に歩く様子にも、ただただ見惚《みほ》れた。

小さな靴と、大きな靴。

二つの靴がいつも並んでいて……。


ああ、そうだわ。

誠さんといるとき、世界はどこまでも美しく澄んでいて、わたしはとても安心できたんだわ。


はらり、はらりと、本のページをめくるように、美しい情景が静乃の目の奥に次々浮かぶ。

あの日、彼と見た紅葉。

あの日、彼と見上げた空。

あの日、彼と自分に降り注いでいた光。

ごつごつした手に絡まる白い指。

どうしようもなく染まってゆく頬。ほころんでゆく唇。

誠さんといられれば、わたしはとても幸せで、世界はいつも優しくおだやかだった。

心配なことなんて、なにひとつなくて。

誠と見た光景を思い浮かべていたら心がしだいに落ち着いて、機械油の香りに包まれているような気持ちになったとき。

ふわりと——別の甘い香りがした。

紙とインク——本の香り。

そしてまたあの音が聞こえた。

ぱらぱらと本をめくるようなかすかな音が。

耳がむずがゆくなり、目を開けた静乃は走行するバスの窓に、見知らぬ青年の顔が映っているのを見て、心臓が冷え上がった。

「！」

夜のような黒い髪に、右は金色の目、左は銀色の目をした——作り物のように美しい顔をした、まだ少年の面影《おもかげ》を残すほっそりした青年が、無表情に静乃を見つめている。

違う。

い、い、い、い、い、い、い、い。

これはわたしの心の中の映像。でも、こんなにくっきりと見える！　はっきりと聞こえる！

——オレはもう、おまえとは取引しない。

――オレがおまえを破滅させる悪魔みたいに、うるさく文句をつけてくる煩わしいやつがいるからな。

形の良《い》い薄い唇が動き、空気が凍りつく音が聞こえそうなほどひんやりした声が流れ出る。静乃は以前にも、この光景を見たことがあり、青年のこの徹底的に冷たく無機質な声を聞いたことがあった！

どうして？　わたしは、こんなひとは知らない。
こんなに不安で、怖くて怖くてたまらない気持ちは知らない。
いいえ、いいえ――わたしは、知ってる。

――頼む！　おれにはこれしか方法がないんだ！　どんなことになっても、きみを恨んだりしない！

シンと静まり返った真夜中の路地裏で、わたしは頭を地面にすりつけて懇願《こんがん》している。デニムのパンツに古びたモッズコート。ごつごつした指が冷たいアスファルトの上で震えている。

目の前に、よく磨《みが》かれた黒い靴がある。

その靴の持ち主が、面倒くさそうに言う。

——それはオレでなく、あいつに言ってくれ。これ以上あの暑苦しい説教を聞かされるのはうんざりだ。そのうち物理的手段に訴えてきそうだ。客の要望をまっとうに叶《かな》えているだけのオレが、何故殴られなければならない。

頭の上を、言葉が機械のように淡々と流れてゆく。上半身を起こし、目をかっと見開いて喉が裂けそうな声で訴えた。

——もう一度、もう一度だけ、取引をしてくれ。じゃないと静乃さんが。

——彼女のために、か……。最初の取引のときもそう言っていたな。だが、おまえの行為こそ、彼女に対する裏切りではないのか？

青年が表情をまったく動かさず、ひんやりした声で問う。

それに対して彼は――いいえ、わたしは、乾いた声で、はは……と力なく自嘲《じちょう》し、絞り出すような声で言うのだ。

――今さらだ。おれは彼女にとって悪魔だし、とっくに嘘まみれだ。

わたしは、知っている。

その言葉も乾いた低い笑い声もわたしの口から発せられたもので、月光を浴びて立つ美しい青年が、まるで夜をすべる魔物のように冷然とわたしを見おろしていた。そのとき感じた身体の芯《しん》が凍りつきそうな寒気と、どうにか彼を説得しなければという焼けつくような焦燥も、全部知っている。

わたしは見ていた！

わたしは聞いていた！

でも、いつ？

どこで？

何故、今まで忘れていたの！

わたしにとって思い出したくないことだったから、防衛本能が働いて、記憶を心の奥底に押しやっていたのだろうか？

だって、ああ、彼がわたしにとって悪魔で、わたしに嘘をついているだなんて信じられないし、信じたくない。
気がつけば、走るバスの窓の向こうにはただ闇だけがあり、雨は激しさを増し、静乃は自分を抱きしめるようにして震えていた。

誠に出会ってから、世界は美しく優しいばかりだった。
そう信じていた。

それがくつがえろうとしている。

い、い、い、い、い、わたしはなにを見てい、い、いたの、い、
い、い、い、い、い、誠さんのなにを知ってい、い、いたの、い、？

雨はやまない。
バスが終点に到着し、静乃は転ばないよう注意しながらタラップを降り、傘をさそうとして――気づいた。

雨が……降って、いない？

ついさっきまで、あれほど窓を叩《たた》いていた雨は今では雨音も聞こえず、頬や手に落ちてくる気配もない。

ただ冷たい風だけが唸《うな》りを上げて肌に突き刺さるのを感じながら、静乃はバス停の先にある駅に向かって歩いていった。

じきに始発の電車が出る。

海へ行かなければ。

わたしが罪を犯したあの場所へ。

待って。

これはなに？

わたしが罪を犯した？　どんな？

そのときまたふわりと、本とインクの香りが鼻先をかすり、ぱらぱらとページをめくる音が聞こえた。

耳がむずがゆくなった直後に、頭が割れるような激しい頭痛がして、その場にしゃがみ込む。

目の裏で何度も光がはじけ、いくつもの映像が浮かぶ。

静乃は車のハンドルを握っていて、イヤホンで音楽を聴いている。友達の結婚式に出席するため一晩中車を走らせていたため眠くて、何度も首ががくりと下がる。

向こうに着いたら、車の中で少し仮眠をとろう。でないと式の最中にぐーぐー寝てしまいそうだ。

それにしても、学生結婚とは。来年には子供も生まれると電話で聞いたときは、驚いた。友人もばつが悪そうだったけれど、相手は綺麗で優しい女性ということで友人もめろめろのようだったから、きっと幸せになるだろう。

うんとひやかして、祝福してやらなければ。

そんなことを考えながら、またうとうとしはじめて、目を開けたら目の前に先行車が迫っていた。

右折しようとしているらしい。

眠気を払うのに夢中で気づかず、判断が遅れた。

ぶつかる！　と思った次の瞬間、体にズドン！　と衝撃が走り、先行車はガードレールに突っ込み、そのままガードレールを大破させ、下の海へ落ちていった。

恐怖と混乱が脳天を突き上げ、心臓が激しく打ち鳴らされる。

悪夢を見ているようだが、現実だった。

すぐに携帯で警察に電話をし、救助隊がサイレンを鳴らして駆けつけた。


――すみません、すみません、すみません。


ただもう、その言葉を繰り返すばかりで。

どうか車に乗っていたひとたちが無事であってくれと、胸がつぶれそうなほど願った。

神さま、どうか――と。

けれど、車に乗っていた三人家族のうち父親と母親は助からなかった。

そして、一人だけ生き残った中学生の女の子も、事故が原因で重い障害を負うことになってしまったのだった。


――すみません、すみません。


病院の廊下で泣き崩れる。

ベッドには目に包帯を巻いた少女が眠っていて――。

いい、い、い、いい。

これは、わたしの記憶じゃない。

何故なら、事故に遭ったのは中学二年生のわたしだから。

今、わたしの中にあるこの記憶は彼の――。


静乃のポケットで携帯電話が鳴った。

この着信音は、加納先生だ。

どれくらい道にうずくまっていたのだろう。静乃はふらつきながら立ち上がり、携帯の通話ボタンを押した。

「もしもし、片瀬《かたせ》です」

片瀬静乃、それがわたしの名前。

わたしは片瀬静乃で、なのにさっきは別の人間だった。

「静乃くん? メールを見たよ。具合が悪いのなら休むのはかまわんのだが、本当に病気なのか?」

ただでさえ混乱していたので、静乃はとっさになにも答えられなかった。声をつまらせ、沈黙する静乃に、心理学のプロである加納はすべて察したのだろう。

「今、どこにいるんだ?」

と厳しい声で尋ねてきた。

「……新潟です」

「新潟！　何故そんなところに」

静乃が両親を車の事故で亡くしたことを加納も知っている。事故が起きた場所が新潟の海沿いの車道だったことも。

加納の声がさらに険《けわ》しくなる。

「まさか、大崎も一緒じゃないだろうな」

おつきあいをしている男性がいることを、静乃は加納に打ち明けていた。加納は最初は応援してくれていたけれど、何故か最近は静乃が誠との交際を続けることをよく思っていないようで、

——彼は、静乃くんには合わないんじゃないのか？　静乃くんは綺麗だから、けしからん連中に目をつけられたりもするのだろう。気をつけなさい。

と言われた。

そのときは、加納先生は誠さんのことを知らないから……と思ったのだけれど。

「いいか、静乃くん。よく聞くんだ。これは私の胸におさめておこうと考えていたが、やはりきみは大崎誠について知るべきだ。彼がきみと、きみのご両親に対して犯した大きな

罪を」

誠さんが犯した罪——わたしはそれを知っている。

誠さんは、わたしのお父さんとお母さんを——。


「大崎誠は本名じゃない。彼の名前は、矢津駿介《やづしゅんすけ》。きみのご両親が亡くなった事故で加害者となった大学生だ」

わたしの両親を殺したのは、誠さんだった。


矢津駿介。

それが誠さんの本当の名前。

すみません、すみません、と号泣しながら苦しそうに謝る声以外、わたしは知らない。何故ならわたしは彼が引き起こした事故で、両親だけではなく視力を失ったから——。


紙とインクの香りが鼻をかすり、ぱらぱらと本がめくれる音がして、静乃の中からあらたな記憶が浮かび上がる。

人を殺してしまった。

自分のせいで、あの女の子は家族を亡くし、目も一生見えないという。

どうすればいい？

どう償えば！

おれが死ねば良かった！

どれだけ後悔しても、法律上では罪を償っても、全身を切り裂くような苦しみから逃れられない。自分は人殺しだという事実がいっときも頭から離れず、眠っているときでさえ、繰り返し事故の情景や、目に包帯を巻いた少女の姿が浮かぶ。

大学を中退し、自分の家族からも遠く離れ、友人とも関係を断ち、見知らぬ土地で工員として働きはじめた。

喜びは一切なく、ただただ後悔の日々を過ごしていたとき。

ふと目にしたネットの記事で、盲目のセラピストが紹介されているのを見つけて、息が止まりそうになった。

片瀬静乃。

この十二年間、忘れたことはなかった名前。

おれが光を奪った少女だ！

記事には、彼女が勤務するクリニックも紹介されていた。

そこを訪ねることはできなかったが、彼女が今どんなふうに過ごしているのかがどうしても気になって、クリニックの路線にある工場に職場を変え、仕事の帰りにクリニックから帰宅する彼女をひっそりと見守るのが、日課になった。

中学生だった少女は、清楚《せいそ》な横顔が美しい大人の女性に成長していた。

目が見えず、両親を一度に失って、どれだけ苦労をしただろう。

なのにセラピストとして、クリニックを訪れるひとたちを癒《い》やしている。少女がそんな立派な女性になっていたことが、涙が出るほど嬉しかった。

クリニックの院長らしい男性と一緒にいる姿を目撃することもあり、父親ほどの年齢の彼に、彼女は信頼を寄せているようで、話しているときの表情は和やかで、ときおり口元をほころばせて微笑《ほほえ》んだ。

そんな様子を見るたびに、これまで真っ暗なだけだった心に光が射《さ》し込《こ》み、体がぬくもるような気がした。

自分が不幸にした少女が、笑っている。

それだけで自分も救われているようで。もちろん、犯した罪は消えないことはわかっている。自分は一生、人殺しのままだ。

けど、それでも、彼女が平和に幸せに過ごしているのを見ることだけが、自分のただひとつの喜びになった。

見ているだけで、声をかけるつもりなどなかったのに、あの日、彼女が駅で鞄の中身をばらまいて、つい走り寄って手伝ってしまった。

『万葉集』とタイトルのついた分厚い本は、何度も読み返したらしくページが少し波打っていた。

本が、読めるんだ！

彼女は目が見えないのに。

点字という、目が見えないひとのための、指でふれて認識する文字があることを聞いたことがある。

これがそうなのだろうか。

こんな分厚い本を、あの細い指でひとつひとつ確かめながら読むのだろうか。

――『万葉集』……？ これも、きみの？

ぎこちなく尋ねると、彼女は微笑んで答えた。

——はい、繰り返し読んでいる大切な本なんです。ご親切に拾ってくださって、ありがとうございました。

花びらのような唇をほんのりほころばせ、目を和ませたその表情と、澄んだ声でつむがれた感謝の言葉に、胸がはじけそうにいっぱいになった。

——……気をつけてね。

そう言って彼女から離れたあと顔をおおって、喉と鼻が痛くなるほど大泣きしてしまった。

神さま、こんな罪深いおれに喜びをくださって、ありがとうございます。

きっと自分は、今日のこの出来事を繰り返し思い出して、これまでどおり暗い場所で生きてゆくのだと思った。

本当にもう二度と、彼女と自分の存在が交わることはないだろうと。

ところが、いつものように駅で彼女を見ていて——きっと自分は彼女に近づきすぎていたのだ。

目が見えない彼女は、音や香りに敏感だった。

自分の体に染《し》みついた機械油の香りがしたのだと、あとで聞いた。

――先日、ご親切にしてくださったかたですか？

彼女のほうから話しかけてきて、

――あ、いえ……はい。

否定することも、逃げ去ることもできなかった。

あらためてお礼を言われて、そのまま同じ電車に乗ってしまった。

自分は彼女と一緒にいていい人間ではない。彼女は自分を親切なひとだと思って和やかに話してくれているが、彼女の両親を殺し、彼女から視力を奪った極悪人だと知ったら、笑顔もこわばるだろう。

せっかく明るく生きている彼女が、十二年前の事故のことを思い出して傷つくことになったらと思うと、脂汗がにじんで、胸の動悸《どうき》を抑えられなかった。

あんまり黙っていたら変に思われないか？　彼女の鞄から本が見えた。

——今日は『奥の細道』ですか？

苦《くる》し紛《まぎ》れに尋ねたら、彼女は微笑んで答えた。

——日本の古典文学が好きで。この前拾っていただいた『万葉集』もそうですけれど、日本の四季や自然が歌や文章にとても綺麗に描かれていて、うっとりしてしまうんです。いいなぁ、わたしも見てみたいなぁって。

頭から冷水を浴びせられたようだった。

——いいなぁ、わたしも見てみたいなぁって。

その言葉を、多分彼女は何気なく発したのだろう。
けれど言葉は鋭い刃になり、胸を突き刺した。
本に描かれた美しい風景を、彼女は現実の世界で見ることができない。
おれが、そうした。

なにが救いだ。

なにが光だ。

おれは救われてはいけなかった!

その後も彼女と駅で会う日々は続いた。

本名を名乗るわけにもゆかず、最近亡くなった自分と同じ年頃の工員の名前を借りて、矢津駿介ではない別人を装って。

彼女は本の話をするのが楽しそうで、彼女がすすめる本を彼が読んで、つたない感想を口にすると、とても喜んでくれた。

もう関《かか》わらないほうがいい。

そう思っても、彼が近づけば彼女はすぐに機械油の香りで気づいてしまうし、彼自身も彼女に会うことがやめられなかった。

彼女にすすめられて読む小説や歌集には、美しい風景が描かれていて、どうしたらそれを彼女に見せることができるだろう、自分はなにをすれば彼女に償えるのだろうと、息が止まりそうなほど考えて、どうしようもできずに苦悩していた。

記憶の売買をする青年のことを聞いたのは、そんなときだった。

普段は酒も飲まず、そうした店に足を踏み入れることもなかったが、その日は和歌に詠《うた》われた景色を彼女が楽しそうに語るのが苦しくてたまらず、いっそなにもかも忘れられたらと、街をふらふら徘徊《はいかい》し、偶然目にとまった地下のバーに足を踏み入れたのだった。

白いシャツの袖《そで》を腕まくりしたバーテンダーは若い男性で、背が高くスポーツでもやっていそうなしっかりした体つきで、なのに甘い顔だちと人懐《ひとなつ》こい笑顔が、愛想《あいそ》の良い大型犬のようだった。

他に客は、壁際のソファー席でノートパソコンのキーを唸りながら連打している青年だけで、背は小柄《こがら》だがこちらもよく見ると鍛《きた》えられた体と男らしい顔つきをしている。その彼を、バーテンダーは『あけ先輩』と親しげに呼んでいた。

——あー、お客さん、そのへんにしといたほうがいいですよ。

バーテンダーにやんわりと止められても注文を重ね、頭の中がぐるぐる回りはじめたとき、壁に貼られた何枚もの名刺の中に、それを見つけた。

『記憶の買取・販売いたします

ご連絡お問い合わせはこちらへ
××××@×××
記憶書店　うたかた堂』

——記憶……書店？

——お客さん興味あります？　そのひと、ときどきうちに顔を出すから、よかったら紹介しますけど。

——記憶の買取と販売って、なにをするんだ？

——まんま字のとおりです。いらない記憶を切り取って売ったり、欲しい記憶を買って自分のものにしたり。たとえば自分に自信のない人が、自信満々の人の『記憶』を買えば、自信がついて堂々と振る舞えるようになったりとか。アスリートの記憶も、自分じゃ到達できない世界を体感できて感動しますよ。もっとも記憶だけで、実際に自分がトップアスリートになれるわけじゃないですけどね。

いらない記憶なら腐るほどある。けどそれは自分が背負ってゆくべきものだ。

それよりも、記憶を買い取ることで、自分が体験していないことを体験できるという説明のほうに心を引き寄せられた。

――それは……目の見えない相手に『見えている』という記憶を移すことも可能なんだろうか。

――できるんじゃないですか。見えている人の『記憶』が必要になりますけど。

人懐こいバーテンダーは、あっさり答えた。まるでそうしたことを実際に何度も目の当たりにしてきたように。

――おい、あんた、やめておけ。あの小僧はクセものだぞ。まっとうな人間は関わらないほうがいい。

そう忠告してきたのは、ソファー席でノートパソコンを叩いていた小柄な青年だった。

眉《まゆ》が男らしくきりっとしているせいか、背は低いのに貫禄《かんろく》がある。

——記憶の売買なんて、ヤバイ薬と同じだ。軽い気持ちで手を出してハマったら抜け出せなくなるぞ。南《みなみ》、おまえも簡単にすすめるな。

——はーい。あけ先輩は硬派だからなぁ。

バーテンダーは肩をすくめたが、いたずらっぽい目をして顔を寄せてきて、こっそりささやいた。

——まぁ、ちょーっと変わってるけど、百パーセント悪人というわけでもないですから、もし会えたら、話してみるといいですよ。

記憶の売り買いができるだなんて、そんな夢物語でしかありえない話を、何故笑いとばせなかったのか。

もし本当なら、彼女に歌や小説に描かれた風景を見せられる。

そんな期待が胸の中で渦巻いていて、翌日から店に通いはじめた。

——だからよせっつってんだろ。悪人ではないかもしれんが確実に善人でもない。あの小僧は一般的な善悪の基準ってやつが、そっくり抜け落ちてるから厄介なんだ。矢津さんだっけ？　なにか事情がありそうだが、口の軽いバーテンダーに乗せられるんじゃないぜ。

常連らしい小柄な青年はしかめっ面でそう言い、バーテンダーは、

——ひどいなぁ、あけ先輩。オレは人助けで言ったのに。

と肩を落としていた。

あんたみたいな真面目《まじめ》そうな一般人は、うさんくさいことに手を出すなと小柄な青年に再三念を押されたが、名刺の人物に会えない日々が続くほど、なんとしても会わなくてはという気持ちは高まっていった。

名刺に記載されているアドレスにも、記憶を売ってほしいというメッセージを送り、数日が過ぎたあと、ついに彼が店に姿を見せた。

一目見て、その美しさに驚いた。

年齢は二十代の前半くらいだろうか？　少年の面影を残した細身の青年で、夜のような黒髪が白い額にかかっている。着ているものも白と黒のモノトーンでまとめていた。会社員には見えず、フリーのアルバイターのようでもあり、またひょっとしたら芸能人ではと思わせるほど、綺麗な顔をしている。右の目は金色。左の目は銀色だ。カラーコンタクトだろうか？

――一夜《いちや》くん、きみに会いたいってひとが来てるよ。

バーテンダーが意味ありげに目配せしてよこし、今日も壁際の席でノートパソコンを叩いていた小柄な青年は、あー来ちまったかと言いたげに、ちっ、と舌打ちした。

それを見て、この現実離れした美しい青年が、記憶の売り買いをしているのだとわかり、体が緊張でこわばった。

――おれは、矢津駿介といいます。おれの記憶を知り合いの女性に贈りたいんです。

◇　◇　◇

長い記憶をすべて見終えて、静乃は駅のベンチでまだぼぉっとしていた。

加納との通話がいつ切れたのかも覚えていない。着信が何度も入っているが、ぼんやりするばかりで、かけ直す気にもならなかった。

冷たい風が、静乃の頬を打つように駆け抜け、それでようやく我に返る。

わたしが見ていた世界は、誠さんが——いいえ、矢津さんが見た世界だったんだわ。

目の見えないわたしに、あざやかな紅葉や、雨に濡れた紫陽花や、木々に囲まれた池が見えるはずはなかったのに。

矢津さんはわたしと一緒にそれを見て、自分の中にあるその記憶をとり出し、わたしに与えてくれていた。

わたしはそれを今までなんの疑問もなく、わたし自身の記憶だと信じていた。

わたしに記憶をくれた矢津さんは、どうなったの？

なら矢津さんは？

静乃が矢津の記憶の中で見た、あの金色と銀色の目をした驚くほど綺麗で無表情な青年が、きっと記憶の売買人なのだろう。

彼は矢津に、もうおまえと取引はしないと淡々と告げ、矢津はどうかもう一度、と頭を地面にすりつけて懇願していた。

彼女のために、もう一度だけと。

行かなければ。

激しい頭痛とともに、静乃の頭の中で、またあの声が鳴り響く。

これは、矢津さんの声、矢津さんの記憶だ。

行かなければ、もうおれには時間がない。

最後に、あの場所で、償いを——。

わたしも——行かなきゃ。

静乃は立ち上がった。

急がないと、きっと取り返しのつかないことになる。矢津はとうに覚悟を決めている。

もともと生きることになんの執着もないのだ。
でも、わたしは――。
紙とインクの香りが、ふわりと鼻をかすった。
「うたかた堂さん。そこに、いるんでしょう」
目には映らない。
静乃の世界には闇しかない。
けれど、音や香りや気配は他のひとたちよりも感じることができる。
甘い香りがしたとき、いつもそこにあの美しい青年がいたのだ。
応《こた》えはない。
それでも静乃は確信し、願う。
「わたしに矢津さんの居場所を教えて。今、彼はどこにいるの?」
ぱらぱらと、本のページがこれまでより速いテンポでめくれる音がした。
そして、ひんやりした声が言う。

「おまえはそれを、知っているはずだ」

静乃の中に、矢津の意識が、感じている温度が、聞いている音が、目に映っている風景が、その願いが、叫びが、奔流のように押し寄せる。

――ごめん……もう会えない。

震え掠《かす》れる声で、必死に静乃の携帯にメッセージを吹き込み、夜行バスに飛び乗る。

雨に濡れた窓。

行かなければ。

もうおれには、彼女にあげられるものはなにもない。

おれの記憶を彼女に渡してくれていた青年が言っていた。

記憶を与え続ければ、おまえは抜け殻になる。もう、おまえとは取引しないと。

それでも、あと一度だけと、繰り返し願い続けた。

彼女に渡した記憶と、報酬として彼に切り売りしていった記憶。

どんどん、どんどん、どんどん、頭に白く靄《もや》がかかっていって、同僚の名前も仕事の工程も思い出せなくなっていった。

それでも、自分が彼女にしてあげられるのは、これくらいしかないから。

自分の記憶なんて、なにひとついらない。

彼女から両親と、その目に映る景色を奪った罪の意識と、再会した彼女に美しい世界を見せたいと願う気持ちの二つだけ残れば、あとはいらない。

手足の動かしかたも思い出せない抜け殻の木偶《でく》人形になっても、かまわない。


——おれのものは、全部彼女にあげてくれ。なにもかも、全部。


青年は無表情にこちらを見るばかりで、なんの反応も返ってこなかった。すでに手遅れだから好きにすればいいと、冷淡に割り切っているようだった。

最後までなにを考えているのかよくわからない、何故こんな商売をしているのかも、記憶の売り買いなんてことがこともなげにできる理由も、まったく不明だった。

再三忠告をしてくれた、目つきの鋭い小柄な青年は、あの小僧は善悪の基準などないのだと言っていた。人として必要なものがすっぽり抜け落ちているのだと。

それでも、彼には感謝している。

——きみのおかげで、彼女に綺麗な世界を見せてあげられた。こんなおれにも、彼女のためにできることがあった。ありがとう。

青年はやはりなにも答えず、ひんやりした表情を変えることもなく、右の手のひらを彼のほうへ向けた。

そこに淡々《あわあわ》と光る一冊の本が出現する。

青年が怜悧《れいり》な声で語る。

——記憶とは、魂という名の書物に記された個々人の物語だ。

——人はそれをめくることで、物語を読み返すように己の記憶を自由にさかのぼることができる。

——だが書かれていた文字が消えてしまえば、そこにあるのはただの空白のページ——記憶の欠如、あるいは忘却だ。

青年は手をふれていないのに、本の表紙が自然に開き、ページがぱらぱらとめくられてゆく。

真っ白だったページに、次々と文字が綴《つづ》られてゆく。

それは、彼が矢津の中から取り上げた記憶だった。

ページがめくれ、そこに浮かぶ文字の量が増えるごとに、矢津の中にある記憶は消えてゆく。

ああ、本当にこれが最後だ。


完全な抜け殻になる前に、罪を犯したあの場所へ行こう。

彼女のご両親にもう一度懺悔《ざんげ》し、終わりにしよう。

本当はもっともっと苦しみ続けなければならなかったのかもしれない。こんなことで楽になってはいけないのかも。

それでも、どうか許してください。

おれはきっと地獄に落ちるので、そこでまた償いをします。

そして、彼女の世界がこれからも美しくあることを、祈り続けます。


夜行バスを降りた矢津が辿った道のりが、静乃の頭の中を映画のフィルムのように流れてゆく。

それを頼りに駅から電車に乗り、さらにまたバスに乗り換えて海へ向かう。
あの日、両親が亡くなった海。
あの日、静乃が光を失った海。
そして矢津が、永劫《えいごう》の苦しみを背負うことになった海へ。

「お願い、間に合って」

祈るようにつぶやく。
そのあいだも、矢津の記憶が静乃の中に染み渡り、まるで矢津が静乃の内側にいるように、彼の声が聞こえてくる。

――おれが光を奪ったきみに、綺麗な世界を見せたかった。

――ふたりで万葉植物園へ出かけた日、きみにはじめておれの記憶をプレゼントしたら、きみはみるみる頬を輝かせて、紫陽花も花菖蒲も本当に素敵だったわね、あんなに綺麗なお花を見たのははじめてだと、夢中で語っていた。

——あのとき、きみの瞳《ひとみ》は中学生の女の子みたいに無邪気できらきらしていて、宝石みたいだった。

——おれの手をつかむきみの指も、興奮で熱くなっていたね。

——これだけは手放したくなくて、おれが最後までとっておいた特別な記憶だ。

——きみのためにと言いながら、本当はおれ自身が、きみが嬉しそうに笑ったり、はしゃいだりするのを見たかっただけかもしれない。

——おれは自分の過失できみのご両親を殺したあと、ずっと苦しいだけの日々だった。嬉しいことも楽しいこともなにもなかったし、罪人《つみびと》のおれが、そんな気持ちを持ったらいけないと思っていた。

——なのに、きみがきらきらした目で、世界はなんて綺麗なのかしらと言ってくれたとき、おれの心にも光がさしたんだ。

――美しい世界を見ているきみが、頬を生き生きと紅潮させ、うっとりと微笑んでいる姿を見るたび、胸が高鳴った。

――それだけじゃない。きみに記憶を贈るために、一緒にいろんな景色を見に行くのは、きっととても楽しかった。

――その記憶はきみにあげてしまって、おれの中には残ってないけれど、絶対にそうだ、間違いない。

――だから、きみに記憶を贈り続けたのは、罪を償うためだけではなく、おれ自身の喜びのためでもあったんだ。

――きみが笑ってくれたから、おれの世界は輝いた。

――きみが優しい声で、世界は美しいと言ったから、そうなのかもしれないと思えて、心が少し軽くなった。

静乃はバスを降り、砂の上を杖《つえ》をつきながら必死に走っていった。
矢津さん、矢津さん、矢津さん。
わたしが、あなたからいただいた記憶は、どれも優しくて愛おしさに満ちていました。
それは、あなたがわたしと手を繋ぎ、お互いの靴を並べて一緒にいてくれたあのとき、
あなたが感じていた気持ちだったんですね。

——静乃さん、おれはきみに決して許されないことをしたけれど、きみを心から大事に
思っていました。

世界があんなに美しく光で満ちていたのは矢津さん、あなたが、そんなふうにわたしを
思っていてくれたからなんですね。

海辺にうち捨てられたように建つ小屋に、よろめきながら入ってゆき、そこで力尽きて
ずるずると座り込む。
目を閉じて、あとはもう終わりのときを待つばかりで。
ぼやける視界に、無表情な顔をした美しい青年の姿が見えたような気がした。手に本を
持っていて、そのページがぱらぱらとめくられてゆく。

ごめん、これだけはあげられない、とつぶやくが、あまりに弱々しくくぐもっていて言葉になっていないようだった。

――一生絶対に口にはしないから、どうか許してください。

――きみは世界で一番愛しいひとでした。

「矢津さん！」

建てつけの悪い木の引き戸を、手が傷つくのもかまわず力任せに開けて、静乃は彼の本当の名前を呼んだ。

汗と機械油の香りが鼻をつく。

その香りがするほうへ夢中で膝《ひざ》をおってうずくまり、両手で探る。

矢津は木の板を敷いただけの床に倒れているようで、動かない。ふれた手のひらが冷たい！　体がすっかり冷えきっている。

くしゃくしゃの髪に指を差し入れ、頭ごと自分の胸に抱き寄せ、静乃はぼろぼろと涙をこぼしながら言う。

「わたしも好きです、大好きです。だから、わたしをひとりにしないでください」

静乃の腕の中で横たわる矢津からは、なんの返事もなく、ただ静乃の頭の奥に、矢津の愛おしそうな声が聞こえてくる。

——さよなら、静乃さん。きみの世界が、どうかいつまでも美しくあるように。

矢津駿介は、もう帰ってこなかった。

◇　◇　◇

「自分の全部を愛しいひとに、か。文字どおり、矢津さんはすべてを彼女に差し出したってわけだな」

昼間はカフェ、夜はバーになる地下の店のいつもの壁際のソファー席で、犬飼《いぬかい》あけるは、ノートパソコンのキーを叩きながら言う。

現在午後二時。原稿の締め切りまで残り二十四時間を切っている。他人の事情に気をとられている場合ではないのだが、重いものを背負っていそうな矢津のことを、彼が最初にこの店に来たときから気にかけていた。

しだいにやつれてゆく彼を最後に店で見たときは、ひどい有様《ありさま》だった。すっかり消耗し、体もふらふらしており、あけるやバーテンダーの南のことも忘れているようで、

――すみません、お会いしたことがありましたよね。あれ？　どなたでしたっけ？

と、一生懸命に思い出そうとしていた。

なんだあれは！　一夜、おまえ、あのひとからどれだけ記憶をとったんだ。あのままじゃ遠からず廃人になるぞ！

記憶の売買を生業《なりわい》とする青年に詰め寄ったが、ひんやりした顔で、

――自分のすべてを彼女に。それが依頼人の望みだ。

と、とりつく島もない。

だからこんな冷血小僧に関わるなと言ったんだ、南、おまえも同罪だぞ！

ただでさえつり上がり気味の眉をさらに上げ、怒っていた。

いっそ一夜《いちや》をぶん殴って、腕ずくでやめさせるか？

現野《うつつの》一夜という厄介な青年と関わりを持ったときから、一夜が空白であるがゆえの人

でなしっぷりを発揮したときにぶん殴るのは自分の役目だと、あけるは強く思っている。

それでも、あけるも薄々感じていたのだ。

たとえ自分がどう矢津を説得しても、彼が彼女に記憶を贈り続けたであろうことは。

矢津駿介はすべてを彼女に渡し、自分が罪を犯した海辺で彼女の腕に抱かれて、贖罪《しょくざい》の生を終えたという。

「一夜、おまえ、片瀬静乃にわざと全部渡したな」

矢津の本来の依頼は、綺麗な記憶を彼女へ、だった。

それが記憶が失われてゆくにつれて、思考力も奪われ追いつめられていった彼は、自分の全部を彼女へと口走った。

抜け目のない売買人はそのとおり、彼女に彼のすべての記憶を与えていった。その結果、矢津がずっと秘めていたことまでも彼女は知ることになり、矢津の記憶を辿って、命を終えようとしていた彼の最期のときに、間に合った。

彼女の腕に抱かれた彼は、その愛の言葉を聞くことができたのだろうか。

恋人たちの顚末《てんまつ》について淡々と語り終えたあと、カウンターで南が淹《い》れた甘さ二割増しのカフェラテを素知らぬふりで飲んでいる青年に、あけるはさらに訊いてみる。

「なぁ、おまえなんで新潟まで片瀬静乃についていったんだ?」

「……………」

「しかも彼女に山ほどヒントをやって、矢津さんのとこに誘導してさ」

「…………」

一夜は答えない。

人形のような無表情で、あけるの問いかけを無視している。

「まぁいいさ。おまえのこと、血も涙もない小僧だと思っていたのを、ほんの少しだけ訂正してやる」

依頼人がどうなろうと胸が痛むような良心を、この青年は持ち合わせていない。最初から抜け落ちていたのか、それともどこかでなくしてしまったのかは、あけるにもまだわからない。

だが、片瀬静乃に矢津の記憶をすべて渡し、まるで静乃を守るように矢津のもとまでついていった彼は、欠落しているがゆえに、その空白を埋める物語を求めているのかもしれない。

自分の中にはない、清冽《せいれつ》な輝きを放つ澄んだ光のような——美しい『記憶』を。

それを見届けたいという欲求だけで、人の心がすっぽり抜け落ちた冷血小僧が彼女を追っていったのだとしても、それはそれでじゅうぶんな進歩だし、矢津と静乃が辿り着いた結末は、あけるを静謐な心地にさせた。

「まぁ、次、また同じことをしたら殴るがな」

カウンターでグラスを拭《ふ》いている南が、こっそり笑っている。

情けも良心もおよそ見当たらないひんやりした顔の売買人は、細い眉をわずかに寄せ、

「……それはイヤだな」

と、抑揚《よくよう》のない声で述べたあと、先ほどのあけるの問いを今さら考えているように、空っぽになったカップをしばし見おろしていたが——やがて、ひとりごとめいた口調で言った。

「……似ていたから、かな。おまえの恋人に」

あけるが真顔になる。

への字に曲がっていた口元をゆっくりとゆるめ、少しばかり切ない気持ちで、

「そうか」

と、つぶやいたのだった。

◇　◇　◇

木漏れ日がやわらかに射し込む病院の庭。

ぼんやりとした顔で車椅子《くるまいす》に座っている彼のかたわらで、ベンチに腰かけた静乃は『万葉集』を朗読している。

「石走《いわばし》る垂水《たるみ》の上のさわらびの萌《も》え出《い》づる春になりにけるかも……。これは志貴皇子《しきのみこ》が詠んだ歌で、春の喜びを表現しているのよ。岩の上を激しく流れる滝のほとりで、冬のあいだは雪の下に埋もれていた土から、わらびが芽を出す春がやってきたんだなぁって……そういう意味よ。ねぇ、可愛らしい若芽が土から頭を出すところを想像してみて、凍っていた川の水も元気に流れているわ……」

海辺の小屋で倒れていた彼は、一切の記憶を失っていた。

まるで生まれたばかりの赤ん坊のように、言葉も、基本的な生活習慣も、すべてを忘れている彼は、この病院でリハビリをしている。

静乃は彼のことを自分の夫だと説明し、病室のプレートも『片瀬駿介』と表記してもらっていた。

あの日、矢津駿介は静乃の腕の中で生を終えた。

けれど片瀬駿介の人生は、これからはじまるのだ。

最近は少しだが言葉を交《か》わせるようになった。

歩く練習もしている。

「春になったら、滝のほとりに芽を出したわらびを見に行きましょうね。他にも、綺麗な景色をたくさん……」

静乃の目がなにも映さなくても、隣に彼がいてくれたら、生き生きと流れる滝の水も、萌え出づるわらびも見えるだろう。美しい春の風景が、静乃の心の中に喜びとともに広がってゆくだろう。

本に置かれた静乃の細い手に、ごつごつしたあたたかな手のひらが、ぎこちなく伸びてきて重なった。

その手の上に、静乃は自分のもう片方の手を重ねる。

おだやかに微笑んで。

第二話

「愛を語るのに最適な方法」

プロフィールカードの名前は『現野一夜』とあった。

「えっと……げんの、さん？」

「……うつつのいちやだ」

不愉快そうに訂正されて、杏里《あんり》のほうこそカチンときた。

読めないって！

婚活パーティーの場で、プロフィールカードは互いの情報を知るための重要なアイテムだ。

パーティーの開始前に、参加者はそこに直筆で、名前や年齢、職業、年収、最終学歴、身長、体重、出身地、血液型、休日や家族構成、現在親と同居しているかどうか、婚姻歴はあるか、子供の有無、タバコ、お酒はたしなむか？　さらには自分の性格、休日の過ごしかたから趣味、デートで行きたい場所、好きな食べ物、嫌いな食べ物、好みのタイプなど、もりだくさんの項目を、わかりやすく、かつ印象的な言葉で埋めてゆかなければならない。

パーティーは一対一のお見合い形式で、向かい合わせの椅子に座った男女がプロフィールカードを交換しあうところからスタートする。

書かれた内容にざっと目を通し、必要な情報を得たり、会話のきっかけを作ったりするのだ。相手はきっちり五分ごとに替わってゆくので、一枚のプロフィールカードから将来性や性格までを素早く読み取る能力が必要とされる。

プロフィールカードをなめてはいかんのだ。

杏里がはじめて婚活パーティーに参加したのはちょうど一年前。社会人になってから二年目で二十四歳になったばかりだった。そのときは、えっ！　こんなにたくさん書くの？と、おたおたしながら文面を考えているうちにパーティーがはじまってしまい、プロフィールカードは半分以上も空いたままで、こいつ、やる気ないだろ、という目で見られているようで、非常に居心地が悪かった。

二回目からは事前に内容を考えて、会場にも早めに到着し、余裕を持って項目を埋め、よし！　完璧《かんぺき》！　という状態で臨んだ。

もちろん『小谷杏里《こたにあんり》』と名前に、ふりがなをつけることも忘れない。

てゆーか、常識だから。

と——目の前で杏里のプロフィールカードをつまらなそうに眺めている青年に対して、心の中で思いっきりNGを出してやった。

現野《うつつの》なんて珍しいうえに読みにくい名前に、ルビも振っていないだなんて、気遣いのできない自分本位な性格ですと言っているようなものだ。

きっと顔がいいから、女の子のほうからちやほや気遣ってくれるのに慣れていて、自分はふんぞり返って奉仕されるのがあたりまえだと思っているパワハラ男に違いない。

そこまで決めつけてしまうほど、杏里の前に座っている相手は、ルックスだけはとんでもなく良かった。

いや、単純に『良い』というより、二次元レベルだ。

夜の闇を思わせる艶《つや》めいた漆黒の髪に、端正すぎて人形っぽく見える美麗な目鼻立ち。細身だが身長も百七十四センチとほどよい高さで、顔が小さく腰が細く、見せつけるように高く組んだ足（↑これもNGだ！　足を組むなんてとんでもない！）が、殺意がわくほど細くて長い！

白磁の肌もどういうケアをしているのか詳細に問いつめたいほどすべすべで、にきびどころか染みもほくろも、髭《ひげ》のそりあとすらない。

極めつけは、ひんやりした目の片方が金色、もう片方が銀色という。多分カラーコンタクトだろうけれど、それが異様に似合っていて、目の前の相手の現実離れした美貌《びぼう》をさらに引き立てている。

ひょっとして休日にコスプレイヤーでもしてるの？

服装は黒と白でシンプルだけれど、顔がこれだけいいと、モデルがファッション雑誌で着ているブランドものに見えてくる。素足で靴を履いているのも芸能人っぽい。

てか職業はなに？

でもって歳《とし》はいくつ？

年収は？

普段ならば真っ先にそこをチェックするのに、椅子に座った相手があまりにも美形だったのに驚いて、いや見惚れている場合ではないと慌てて名前に目を通し、『げんのさん』と間違って読んでしまったら、むっとされたという流れだった。

すでに杏里の中で、こいつはナイ！　とジャッジを下している。

いくら見た目がずば抜けていても、こんなに愛想のないナルシストっぽい男が将来の旦《だん》那《な》さまとか絶対にナイ！

が、婚活の場にカラコンでコスプレ（？）してくるような、とんでも男のプロフィールには興味があり、あらためて目を通すと。

名前　現野一夜
年齢　二十二歳
職業　記憶売買

最終学歴　A大法学部
年収　不定
休日　不定

二十二！　若っ！　なんでこの歳で婚活してんの？　といった疑問が、職業欄を見て、そちらのインパクトの強さに、かき消えた。

「きおく売買……って、なんですか？」

現野がプロフィールカードから顔を上げ、そんなこともわからないのか、このバカめ、という目で杏里を見る。

そうしてひえびえとした声で答えた。

「主に記憶を買い取り、それを売る商売をしている」

「記憶って、その……コンピューターのメモリとかそういう？」

ああ、エンジニアだったのか、フリーのエンジニアって変わった人が多いっていうしね、どのみちフリーランスは年収が不安定で会社の保険にも入れないから、パスだけど。

ところが現野は真顔で、

「いいや、コンピューターは関係ない。人間の中にある記憶だ」

とまた不愉快そうに訂正し、

「記憶とは、魂という名の書物に記された個々人の物語だ。人はそれをめくることで、物語を読み返すように己の記憶を自由にさかのぼることができる」

と、意味不明な講釈まではじまってしまった。

なに？ このひと怖い。

てかヘン！

厨二《ちゅうに》？ 厨二なの？

邪気眼とか、そっち系？ やっぱり休日はコスプレイヤー？

杏里がどん引きしているあいだに五分が経過し、司会者の指示で次の男性が杏里の前に座った。

「はじめまして、よろしくお願いします」

「あ、いえ、わたしこそ」

杏里よりだいぶ年上の、まるっとした中年男性だったが、前の相手が無表情の邪気眼だったので、にこにこと愛想が良く言葉も丁寧で、名前にもしっかりルビが振ってあるのにほっとしてしまった。

田中一郎はルビがなくとも『たなか いちろう』としか読めないけれど。相手に対する心遣いの問題だ。その点では、こちらの田中さんのほうが結婚相手として現野よりはるかにポイントが高い。

杏里の隣の席の女性は、ちょうどその現野とプロフィールカードを交換したところで、やっぱり杏里と同じように、

「え、記憶売買って、どういうお仕事ですか？」

と尋ねて、同じように彼の講釈を聞かされるはめになり、面食らっていた。

そんなふうに五分間のお見合いタイムが一巡すると、三十分のフリータイムに入る。この時間はお目当ての相手に自分から話しかけることができる。

とはいっても、基本的に男性のほうから女性に声をかけるのが通例で、女性から男性にということはあまりない。

また人気のある女性にはフリータイムの開始と同時に男性が何人も群がり、誰にも声をかけてもらえない女性は居心地が悪そうにぽつんとしているか、あまった女性同士でおしゃべりをはじめたりする。

杏里はフリータイムで一人になったことは、これまで一度もない。

婚活市場において、二十五歳という杏里の年齢は最大の武器だ。

一般的に婚活の場で、男性は女性の年齢を、女性は男性の年収を重視すると言われている。それは真実で、もちろん杏里が婚活男性が好みそうな清楚な女子アナファッションに

身を包み、杏里自身もそこそこ可愛いせいでもあるが、二十五歳の現在、婚活パーティーで杏里は引《ひ》く手数多《てあまた》でモテモテだった。

今日も、杏里の周りを男性参加者たちが取り囲む。

といっても、『これだ』って即決できるようなひとはいないんだけどね。

自分の売りが若さであることを、杏里はじゅうぶん承知している。田舎《いなか》の中流家庭に生まれ、三流の大学を卒業し、ぱっとしない会社に入社し、どうでもいい仕事をしている。そんな自分が将来セレブ妻として優雅な生活を送るためには、今！　将来有望な相手をつかまえて、即結婚するしかない。

三十歳の杏里や四十歳の杏里では交際することすら難しいであろう、一流大学卒、一流企業勤務、高年収といった男性たちも、二十五歳の杏里ならば向こうから寄ってくる。

二十六歳でも、まだぎりぎりいけるかもしれないが、二十七歳ではもうダメだ。なので、なんとしても二十五歳か二十六歳のうちに結婚すると、杏里はかたく決めていた。

うーん、どうしようかな。とりあえず年収二千万の自営業のひとにしておこうかな。

でもこのひと、あたしより十二歳も年上なんだよね。年齢差はせめて六歳くらいまでがいいなぁ。

フリータイムはまだ続いているが、杏里は早くも脳内で選定に入っている。

このあと、参加者はチェックシートに自分が気に入った相手の番号を第三希望まで書き込み、係に渡す。

それでマッチングしたカップルが、会の終わりに発表されるのだ。とはいえ、その場かぎりのことも多く、とりあえずお試しといった感じだろうか。

おなかがすいたので、このあと美味《おい》しいごはんをご馳走《ちそう》してくれるひとがいい。もちろん支払いは向こう持ちで。

婚活の場で女性に割り勘を求めるような男性は、杏里的には絶対にありえないし、そんなひとと結婚したら、いくら年収が高くてもケチられて、ぎりぎりの生活費しか渡してもらえないかもしれない。

杏里の理想としては、ぼくのためにずっと綺麗な奥さんでいてよ、とエステ費用や遊興費を気前よく出してくれる旦那さまだ。

うん、やっぱり二千万のひとにしておこう。イタリアンが食べたいし。

年収五百万の公務員のひとは将来安泰そうだけど、趣味がラーメン屋巡りだったから、立ち食いラーメンとかに連れていかれそうだし。

杏里の周りで順番待ちをしている男性たちに、にこやかに言葉を返しながら、頭の中であれこれ思案を続けていて——そういえば……あの記憶売買のひとはどうしてるんだろう？　と、さりげなく周囲を見回してみた。

探さなくても目立つので、すぐに目に飛び込んできた。杏里が予想したとおり、現野一夜は飲み物のグラスを片手に、ひとりでぽつんとしている。

彼のほうをちらちら見ている女性も少なくなかったが、話しかけようか迷っているというよりも、キャラが特異すぎて単純に気になるのだろう。杏里と同様、結婚相手としては絶対なし、と思っているはずだ。

そんな現野のほうも誰かに声をかける様子もなく、無関心そうに突っ立っているばかりで、あいつなにしに来たの？　と杏里はあきれてしまった。

やる気のないひとは、婚活の場に来ないでほしい。

こっちは真剣なんだからね！

ひそかに腹を立てていたのだが――。

◇　　◇　　◇

一時間後。

杏里は婚活パーティーの会場にほど近い洋風居酒屋で、何故か再び現野の前に座っていた。

といっても現野とふたりきりではなく、杏里たちの他にも女性がふたり、男性がふたり、テーブルを囲んでいるけれど。

「それじゃあ、マッチングにあぶれたもの同士の交流会ってことで、乾杯といきましょう。ちくしょー！　乾杯！」

メーカーで営業をしているという三十代前半の男性がノリのよい声を上げ、他のみんなも、口々に「乾杯！」「おつかれさま！」と言って、グラスを、かちん、かちん、と合わせた。

もちろん、現野は乾杯には参加しない。

杏里が差し出したグラスは現野のグラスにあたることなく空中で迷子になり、その隣の眼鏡《めがね》をかけたおとなしそうな男性と、

「乾杯」

と、めいっぱいにこにこしながら、グラスを合わせた。

そちらの男性は頬を赤らめて、もごもごと、

「か、乾杯」

と返してくれて、そのまま照れ笑いした。

ちょっと可愛い。

それに比べて、杏里の真向かいでカルーアミルクを黙々と飲んでいる男の愛想のなさといったら、どうだろう。

てか、カルーアミルクって女の子が頼むものじゃないの？

あぁ、今夜はイタリアンのコースの予定だったんだけどな。

杏里が第一希望にした年収二千万円の自営業の男性は、二十九歳の看護師の女性とマッチングし、杏里はあぶれてしまったのだった。

フリータイムでは杏里に気がある素振りだったのに。まぁ、年齢的にはあのナースさんのほうがお似合いだし、別にいいんだけど。

それでも、いつも誰かしらとカップリングはしていたので、ちょっと悔《くや》しい。

しかも、あぶれた同士で飲まない？　と誘われて席に着いてみたら、向かいがこいつだなんて。

いったい誰が誘ったの？

それに、こいつもなんで来たの？　さっきからあたしと話すつもり全然ないみたいだけど。

「あー、現野さんは、誰狙《ねら》いだったの？」

ずっと黙っているのも気まずいので、杏里のほうから質問してみる。

すると他の女性たちも、

「それ、わたしも気になる」

「現野さん、フリータイムで誰とも話してなかったよね」

と身を乗り出してきた。

やっぱりこの異様に美形で無表情な若い男が、誰の番号を書いたのかは、興味ありありらしい。

女性陣だけではなく、男性ふたりも気になっている様子だ。

テーブルの視線を一身に集めた現野は、やはりひんやりした顔で、つまらなそうに答えた。

「……九番」

え、九番？

テーブルの視線が、今度は杏里に集まる。

「うそっ、あたし？」

あんまり驚いて、素《す》っ頓狂《とんきょう》な声を上げてしまった。

え？　え？　このひと、あたしの番号を書いたの？

それってあたしに好意を持っているってこと？　まっっっったくそんなふうに見えないんだけど。

やだひょっとしてツンデレ？

職業怪しいし、収入不安定だし、性格めちゃくちゃ悪そうだし。デート代も割り勘にしそうだし、そもそも自分より顔が良くてお肌すべすべの旦那さまなんてないけど、絶対ないけど。

でも一回くらいならデートしてあげても……。

杏里がちょっといい気分になりかけたとき、ひんやりした声が言った。

「……絶対にオレの番号を書かなそうだったから」

「はぁ？」

またきょとんとしたあと、杏里は眉をキッと上げた。

「それって、あたしが現野さんの番号を書かなくて、マッチングもないだろうからってこと」

「……そのとおりだ」

「っっ」

ふざけてる。

テーブルの下で蹴《け》ってやろうかと思ったが、ここでわめいたりしたらヒステリーな女と思われて杏里の評価が下がるだけなので、ぐっとこらえて、逆に嫌味なくらい愛想良く微笑んでやった。

「そうね、あなたの番号だけは、ぜっっったい書かないわね。そこだけは気が合うわね」

「……そうだな」

あっさり肯定するんじゃない！　と、またむかっとする。

「現野さんって、なんで婚活してるんですか？　まだ二十二歳だし、女性全般に興味なさそうなのに」

女性全般と言うより、生き物全般にまったく興味も関心もなさそうだ。このひとの頰の筋肉って、ゆるむことがあるのかしら？

すると現野は、無表情のまま淡々と答えた。

「……うちの家系は早死にだ」

「へ？」

「なるべく早く結婚して、子孫を残したい」

「はぁぁ？」

いったいいつの時代の話をしているのかと、またしても啞然《あぜん》だ。しかも冗談を言っているのではなく、終始真顔なのがさらに杏里の困惑に拍車をかける。

他の女性たちもぽかんとし、

「もしかして現野さんの実家って、すごい旧家なの？　元殿さまとか。何百年前まで家系図をさかのぼれるとか」

と訊いてくる。

「……千二百年前までさかのぼれる」

「千二百年！　すっげー」

男性たちも目を丸くする。

「やっぱり名門の御曹司なんだ。そんな感じするよね」

「うん、他のひとと違うーって感じ」

「…………」

現野はおかわりしたカルーアミルクを、無表情で飲んでいる。

どこの御曹司さまかは知らないが、やっぱりこいつだけはナイと杏里は確信をあらたにした。

「ね、プロフィールカード持ってるでしょ、見せて」

「あたしも見たーい。お見合いタイムのときって時間ないから、名前と年齢と職業くらいしかチェックできないよね」

正しくは、名前と年齢と職業と年収だろうが、そこは突っ込まないであげるのが同じ婚活戦線を戦う女性たちへの礼儀というものだろう。

現野が面倒くさそうに、パーティーで使用したプロフィールカードをテーブルにのせると、女性たちはそれを引き寄せて、のぞきこんだ。

杏里も気になって、つい見てしまう。

趣味　ジョギング　散歩
休日の過ごしかた　婚活
性格　温和
デートで行きたい場所　動物園

なにかもう突っ込みどころ満載だ。

性格温和？

どこがだ。向かいから冷風が吹きつけてきそうに、言葉も態度も表情もすべてがひんやりしているではないか。

だいたい休日の過ごしかたに堂々と『婚活』と書くか？　てか、そんなにどっぷり婚活してるの？

他の女性たちも、

「ジョギング？　散歩？」

「動物……園？」

と現野をまじまじと見返している。

「……案外、普通のひとなのね」

「……そうだね、普通だね」

普通ではない異常なひとだと思っていたと告白しているような物言いだ。実際そうなのだろうけど。

「えーと、好みのタイプは……『芯の強い人』かぁ」

芯の強い人。

杏里も、プロフィールカードに書かれた端正な文字を横目で眺める。

なるほどね、よほど心臓が強靱《きょうじん》でなければ、とてもこの男と生活はできないだろう。

テーブルはなんやかんやで現野を中心に盛り上がっていた。

杏里はもはや彼を視界に入れないようにし、その隣の田山《たやま》という眼鏡の男性と話しはじめた。お見合いタイムでプロフィールカードを交換しているはずだが、よく覚えていない。ああした回転式のお見合いははじめてなのか、なにから話していいのかおたおたしていた眼鏡くんが彼だったような。

「ねぇ、田山さんのプロフィールカードも見せてくれる？」

と、お見合いのときとは違う気さくな口調で言ってみたら、顔をぱっと赤くして、いそいそとカードを出してきた。それを両手で持って、

「ど、どうぞ」

と差し出す。

昔飼っていたハムスターの仕草《しぐさ》を思い出し、あら可愛い、と杏里はちょっとキュンとしてしまった。

眼鏡の向こうがわの瞳もハムスターのようにあどけなく、ぱっちりしている。

「ありがとう。あたしのもどうぞ」

と、杏里のプロフィールカードを差し出すと、おたおたしながら、

「あ、ありがとうございます」

と受け取る。

やっぱりハム吉《きち》に似ている。

ひまわりの種を差し出すと、小さな手を夢中で伸ばしてきて、慌てすぎて落としそうになったりしていた。そのあと両手で持って、それは美味しそうに幸せそうにカリカリ囓《かじ》るのだ。

眼鏡の彼も、杏里のプロフィールカードを両手で持ったまま、にこにこと嬉しそうに眺めている。

なんだか和む。

杏里もプロフィールカードを、ゆっくり読みはじめた。

名前　田山牧彦《たやままきひこ》

うんうん、ちゃんとルビを振ってあるね。字も読みやすくて丁寧だし、合格。

年齢　二十七歳
職業　医薬品メーカー勤務
最終学歴　H大経済学部
年収　四百万

あら、結構イイ大学を出ている。年収四百万も、年齢から考えればそこそこだろう。これからもっと上がるだろうし。

家族構成　両親（別居）

一人っ子かぁ……うーん。将来同居はちょっとなぁ。

趣味　カフェ巡り　写真
休日の過ごしかた　家事　買い物　カフェ
性格　真面目
デートで行きたい場所　おすすめのカフェに、ぜひ。

「あ、なにか、ヘンでしたか」

杏里がくすりとしたからだろう。牧彦が焦っている様子で訊いてくる。

微笑んだまま首を横に振る。

「ううん、田山さんのプロフィールカード、ほっこりしてていいなぁって。おすすめのカフェってどこ？」

「西荻窪《にしおぎくぼ》の……」

牧彦が口にしたのは、杏里も気になっていたカフェだった。

「え、そこ、あたしも行きたかったとこだ」

「そうなんですか！　ここ本当におすすめですよ。住宅街の中にあるから、ちょっとわかりにくいですけれど、隠れ家っぽい感じで、お店の前に鉢植えが並んでいて、季節ごとに変わるんです。鉢植えの形が、うさぎだったりリスだったり熊《くま》だったり楽しくて。席は少ないけれど、わりとゆったりしてて、自家栽培のハーブで作ったハーブティーがおすすめなんです。それと自家製ジャムと蜂蜜《はちみつ》とバターを添えた厚切りトースト」

「それそれ！　極厚トースト！　ＳＮＳで流れてきたの見て、うわ〜、美味しそう！　って」

「もう最っ高にうまいです。モーニングだと、トーストの他にサラダと卵料理とカリカリのベーコンもついて、朝から幸せになれます」

「カリカリベーコン、いいねっ」

杏里がはずむような声で言うと、牧彦もますます嬉しそうにそわそわする。そのわかりやすさや、指で眼鏡をもじもじといじる様子が、またしてもハム吉を思い出させて、杏里は、ああやっぱり可愛いなぁと、キュンキュンしていた。

牧彦が真っ赤な顔で、

「あ、あの……もし、よかったら。その……えっと……」

と、なにか言いたげにもごもごする。

ああ、焦《じ》れったい。

でも可愛いから許す。

「あたし、そのお店行きたいな。田山さん連れてってくれる？」

杏里のほうからお願いすると、牧彦はぱぁーっと顔を輝かせ、

「はい、ぜひっ」

と答え、

「いいいつにしましょう？　ぼくはいつでも大丈夫です」

とスマホを取り出した。

杏里にしてみたら、可愛いし和むし、あたしもカフェ巡り好きだし、まずは友達になってもいいかな、くらいの気持ちだった。

うん、いいよね、カフェ友達。

杏里もスマホを出して、モーニングの日程を決めラインの交換もし、互いのSNSもフォローしあう。

牧彦のインスタには、カフェや花や雲の写真がいっぱいだった。

「うわぁ、本当にあちこち行ってるんだね。このマフィン、桜の花びらがのってる。可愛い〜、美味しそう」

「ここ、おすすめですよ」

牧彦がまた嬉しそうに説明をはじめ、それを、うん、うん、と聞いているのもほんわかして楽しかった。

解散したあと、杏里は牧彦とふたりでチェーンのカフェに入り、そこでまた話し込んだ。このメニューはおすすめだという焦《こ》がしバターを浮かべたミルクティーを頼んだら本当に美味しくて、

「最高……」

と溜息をついたら、牧彦はやっぱりとても嬉しそうにしていた。

そして、そのあと恥ずかしそうに打ち明けたのだった。

「実は、ぼくも……その……最後のチェックシート、第一希望は九番だったんです」

頬を赤らめ眼鏡をはずして、もじもじそわそわと告白するのが可愛くて、杏里はまたキュンとしたのだった。

◇　◇　◇

人生って本当になにが起こるかわからないよね。

牧彦と知り合ってから三ヵ月。杏里はしみじみ実感している。

一人っ子だし、可愛いけれどちょっと頼りなさそうだし、友達ならいいけど結婚相手としてはどうかなぁと当初は思っていた牧彦だが、今現在、杏里は彼に夢中だ。

将来の旦那さまは、もう牧彦以外に考えられない。

そう決めた一番の理由は、牧彦の実家が、大きな病院のオーナーであることを知ったためだった。

――父は医者でしたけれど、もう引退していて、母と一緒に趣味の旅行やテニスを楽しんでいます。

――父はぼくの性格では医者はむいてないと。母も、ぼくが医者になったら心配で胃痛になりそうだから好きな職業に就くようにと、昔から言われていて。どちらも、のんきなんです。

牧彦は一人っ子なので、必然的に病院は彼が相続することになるだろう。その他にも彼の家は、土地を多数所有しているらしい。

――あ、この写真はうちの山でバードウォッチングをしたときのです。

などとさらりと言われて、「うちの山?」と聞き返してしまった。

――はい、このあたりに、三、四個うちの山があって、子供のころ家族でタケノコとか、くるみとか取りに行きました。

山を所有しているなんてひと、杏里ははじめて会った。しかもそれが、杏里に好意を持っていることがだだ漏れで、杏里のほうも憎からず思っている男性だなんて。

さらに知り合った場所が婚活パーティーだなんて、これはもう牧彦と結婚するしかないではないか。

幸い、牧彦の両親は良いひとそうだ。同居することになってもうまくやれそうな気がする。

なによりも、牧彦は可愛いのだ。

控え目で優しくて、内気で恥ずかしがりで、しょっちゅううろたえてわたわたしていて、その様子が、ハムスターがわちゃわちゃしているようで、めちゃくちゃ癒やされる。

仕草や表情のひとつひとつが、いちいち愛らしく、眼鏡の下のつぶらな瞳にキュンキュンさせられる。

もういっそ観察日記をつけたいくらいだ。

婚活をはじめたときは、デートの場所や日程をスマートに決めてリードしてくれる男性がいいなんて思ってたけど、あたしって世話を焼かれるよりも、世話を焼きたいタイプだったんだわ。

でもって攻められるよりも攻めるほうが好きで、かっこいいよりも、可愛いがタイプだったんだ。


これまではセレブ妻になって、主婦友と優雅にランチをして、習いごとや高級エステに通い、海外旅行に行きまくる、くらいの結婚プランしかなかった。

けれど牧彦と出かけるようになってから、様々な生活シーンが杏里の頭に浮かぶようになった。


朝、枕《まくら》を抱えてベッドで丸くなっている牧彦を優しく揺すぶって起こしたり、布団をはぎとって涙目にさせたり。

爽《さわ》やかな陽光が射し込むキッチンで、ふたりで並んで朝食の支度《したく》をしたり、一緒に洗濯物を干したり。

もちろん休日はカフェでモーニングをする。別々のメニューを頼んでふたりで半分こしたり。これ、家でも作ってみようか、なんて言い合ったりするのだ。

牧彦となら喧嘩《けんか》をすることもなく、毎日ほのぼのゆったり過ごせると思う。たとえ杏里が怒るようなことがあっても、牧彦はすぐに謝ってくれるだろうし、涙目で眉を八の字にする彼を見たら、あまりの可愛さに杏里はすぐに許してしまうだろう。

問題は、いつプロポーズしてくれるのかってことなんだよね。婚活してるくらいだから牧彦さんも、すぐ結婚したいひとかと思っていたら、なんだかそっちの話題を避けているような気がするし……。

先日も、ねぇ、引っ越すならどのあたりに住みたい？　やっぱり徒歩圏内にカフェがたくさんある場所に憧《あこが》れるよね、神楽坂とか自由が丘とか吉祥寺とか、とさりげなく結婚の話題に誘導しようとしたら、えらくもじもじして、杏里と視線を合わせず、声をつまらせていた。

——そ、その……ぼくはどこでも……いいかな。杏里さんは、やっぱり都心に住みたい？

——もちろん。田舎は里帰りのときだけでじゅうぶんだよ。うちの実家なんて、コンビニに行くのに車を出すんだよ。カフェどころか、ごはん食べるところもろくにないし。あたし、実家に帰るたびに、あーもう、早く東京の狭いアパートに戻りたい！　カフェでカプチーノが飲みたい！　煮出しミルクティーが飲みたい！　って悶々《もんもん》としちゃうんだ。

——そう……なんだ。

しゅんと肩を落としてしまって、あれはあきらかに挙動不審だった。

それ以外にも、杏里が、牧彦さんってどういうきっかけで婚活をはじめたの？　と尋ねたら、びくん！　とした。

——え！　そそそそ、それはそのっ。ぼくはあまり社交的なほうじゃないから、ああいう場所へ行かないと女性と出会うチャンスすらないんじゃないかって。

——それ、婚活じゃなくて恋活をしたかったってこと？

——そんなことはない！　ぼくはちゃんと結婚しようと思って。

そこは熱のこもる口調で主張する。杏里がにっこりして、

——安心した。そうだよね、牧彦さんは女の子と遊びでつきあえるような軽いひとじゃないもんねぇ。

そう言って自宅のソファーに並んで座ってる牧彦の胸に、ことんと頭を乗せたら、べそをかきそうな顔になり、

——う……うん。

と、肯定なのか否定なのかよくわからない口調で、つぶやいたのだった。

やっぱり牧彦さんは、あたしになにか隠してる！

もしかして実家の病院が赤字倒産しちゃったとか？　えええええっ、それは困る！

でも、ふたりで働けば収入はじゅうぶんだし、牧彦さんとならわざわざ疲れる海外旅行に行かなくても、近所のカフェでも大満足だし。

そんな杏里史上、最高に健気《けなげ》なことまで考えていたころ、とんでもないものを目撃してしまった。

牧彦が休日に仕事が入ってしまい、杏里は牧彦とよく行くお気に入りのカフェにひとりでランチへ出かけた。

すると牧彦が見知らぬ女性と一緒に現れたのだった。

牧彦さんが、女のひとと！　今日は仕事だって言ってたのに！

しかも細身のパンツスーツに身を包んでいる仕事ができそうな、きりっとした美人だ。牧彦より年上に見えるが、牧彦は受け身な性格なので、リードしてくれる年上の女性はタイプのはずだ。

ふたりは杏里の後ろの席に座った。

観葉植物が杏里の姿を隠してくれているが、口から心臓が飛び出しそうだ。

牧彦は暗い声で、

「すみません、もう少し待ってください、本当にすみません」

と謝っている。

それに対して女性は責めるような口調で、

「田山くん、早く彼女に言ってくれなきゃ。私も田山くんの言葉を信じて我慢してきたけど、これ以上は待てないわ」

「すみません……」

「月末までにケリをつけなさい。男でしょう」

まるで古い彼女との別れを迫る、新しい彼女のような口ぶりに、杏里はカッ！　とした。

椅子を蹴飛ばす勢いで立ち上がると、牧彦が振り向き、眼鏡の向こうの目をまん丸に見開いた。

「あ、あああ杏里さん……！」

「え？　この子が彼女？　ちょうどいいわ、言っちゃいなさいよ、田山くん」

「い、いや、ここではその」

「なに言ってるの、いい機会じゃない。なんなら私から」

「いえ！　ぼぼぼくが、言います。あとで——。杏里さん、ごめん。夜、電話するから。今はその」

杏里は牧彦を思いきり睨《にら》み、

「聞きたくないから、電話しなくていいよ」

と言って、大股《おおまた》で歩き出した。

牧彦は追いかけてこない。

あの年上の美人に、すみません、すみません、と謝っている声が聞こえてきて、あたしより、そっちの女が大切なの！　とますます頭に血がのぼり、杏里の形相に怯《おび》える店員に会計をすませ、カフェをあとにしたのだった。

その夜、牧彦から電話があった。

「あ、あの……杏里、さん？」

「あの美人、誰」

「それはその、会社でお世話になっているひとで」

お世話に？　なにそのもってまわった言いかた。二股《ふたまた》かけてたんならそう言えば？

「あたしに話があるんでしょ。なに」

牧彦はまた言いにくそうに、もごもごしている。

「えっと、その……ちょっと……杏里さんに、非常に申し訳ないというか……言いにくいことで……」

そんな前ふりが延々と続き、ただでさえ苛《いら》ついている杏里は、

「もういい！」

と通話を切ってしまった。

どうせ別れ話だから、聞きたくない。

牧彦はかけ直してこなくて、いっそう腹が立った。

せっかく結婚したいと思えるひとに会えたのに。また婚活のやり直しだ。

◇　　◇　　◇

翌日、日曜日。

杏里は泣き疲れと寝不足で腫《は》れぼったい目で、婚活パーティーに参加した。

絶対に牧彦さんよりもカッコ良くて年収があって大人で決断力があって、将来有望で、あたしの言うことなんでも聞いてくれるひとと結婚するんだから！

そんな決意満々で臨んだものの、昨日のことを思い出すとどうしても顔が引きつってしまい、よほど凶悪な面相をしているのか、お見合いタイムで杏里の前に座る男性たちは、どのひとも引き気味だ。

そりゃ婚活の場で、ずっとふくれっつらをしている女なんて敬遠されて当然だよね、と杏里が駆け込みで参加を決めたことを後悔したとき。

杏里の前に、無表情な青年が座った。

げっ、現野一夜……。

整いすぎて人形めいた顔、ひんやりした金色の目と銀色の目。インパクトがありすぎて忘れられない青年が、また現れてしまった。

婚活パーティーで、以前に会った参加者に再会することは珍しくない。そういうときは気まずさを吹き飛ばすように、

『あれぇ、前も会いましたね？』

と明るく挨拶《あいさつ》することにしている。

けれど相手がこの無愛想《ぶあいそう》な青年の場合、愛嬌《あいきょう》を振りまくだけ無駄だ。

しかめっ面で、

「あー……まだ参加してるんですか。ひょっとして毎週ですか。皆勤賞ですか？　同じパーティーに延々参加してると悪目立ちするだけで、カップリング成立の確率が低くなりますよ」

と言ってやると、

「……おまえは出戻りか」

思いきりむかつく言葉が、よりむかつく口調と顔つきで返ってきた。

あぁぁ、やっぱりこいつ、ダメ。足を踏んづけて、ぐりぐりしてやりたい。

しかし取り乱したら負けのような気がして、こちらも険しい表情のまま冷静な声で続けた。

「選択肢を広げてみようと思って」

「そうやって、無為に年齢を重ねていくんだな」

「あいにく二十六までには結婚する予定です」

「相手もいないのにか」

「ぐっ」

それはそっちも同じでしょう、と言い返してやろうかと思ったとき、現野が席を立ち、次の男性が杏里の前に座った。

気を取り直して笑おうとしたが、その顔が驚愕《きょうがく》にこわばる。


え？　マジ？


杏里の目の前で、弱り切った様子で肩をすぼめているのは、なんと牧彦だった。

牧彦に、杏里が婚活パーティーにまた参加しているのを知られてしまった気まずさよりも、何故ここに牧彦がいるのかという驚きで、頭が混乱する。

それからすぐに怒りがわいてきた。

あたしと年上美人と二股かけといて、まだ婚活パーティーで女の子と知り合おうとしているだなんて。

牧彦は、なにか言いたげにもじもじしている。

けれどその口から言葉が発せられることはなく、杏里の苛立ちは増すばかりだった。

なに？　その浮気の現場を押さえられてきょどっているみたいな顔。

あの年上美人に、あなたの彼氏は休日に婚活パーティーに出席して、女の子をナンパしてますって教えてやりたい。

「……あーうー……その、えっと……」

「…………」

「昨日のことは、えっと、えっと……」

「…………」

「まさか、ここで会うとは……思わなくて」

それはあたしもよ、と心の中で言ってやったとき、五分のお見合いタイムが終了したことが告げられた。

牧彦はしおしおと、隣の席へ移動していった。

杏里はあんまり頭にきて、そのあと誰となにを話したのかろくに覚えていない。杏里が無愛想なので相手のひとたちも困っていた。

フリータイムに入っても誰も杏里に話しかけてこない。そんなことははじめてだった。

若くて愛想の良い杏里はいつもパーティーで人気だったのに。

普段なら屈辱だが、今は牧彦のほうが気にかかる。なんと牧彦はふたりの女性に話しかけられている。

杏里のほうを気にして、ちらちら見てくる。

杏里は、フンッ、とそっぽを向いて、自分から他の男性に話しかけに行った。とはいっても、あとから割り込むのは気が引ける。

それに今は、にこにこ笑顔を振りまくのも億劫《おっくう》だ。

そうしたら気をつかう必要などまったくない相手が、そこにいた。

白と黒の、エレガントなんだかカジュアルなんだかよくわからないモノトーンの服に身を包んだ見た目だけは綺麗な男が、壁際で一人でグラスを持って立っている。

杏里は現野のほうへ行き、無造作に話しかけた。

「毎回そうやって誰にも話しかけずに、ただ突っ立ってて楽しいの？　それとも声をかけられるのを待っているの？」

「……おまえは、前のときは男に囲まれていたが、今日はひとりも声がかからないんだな。賞味期限切れというやつか」

「あのねー、女性に向かってそういうこと言ってたら、いっっっしょう結婚なんてできないからね」

「それは……困る」

意外なことに現野がかすかに眉根を寄せて、考え込むような表情を浮かべる。そんなに結婚したいのかしら?

「だったら女性には紳士的に振る舞うこと。とりあえず、『おまえ』はNG!」

「……名前を知らない」

「さっきプロフを交換──しなかったっけ、今日は。でも一緒に残念会までしといて覚えてないってどういうこと?」

「ひとの名前を覚えるのは苦手だ」

「結婚したきゃ覚えなさい。あたしは杏里。小谷杏里よ」

「……おまえと結婚するつもりは」

「あたしだってないから! あと、『おまえ』はNG」

そんな話をしているうちに、フリータイムが終了した。あとは希望の相手の番号を書いたチェックシートを提出して、結果を待つだけだ。

それが終わったら帰れる。

牧彦と同じ場所にいるのが耐えがたかったので、一秒でも早くひとりになりたかった。

番号……どうしよう。

今日は誰も杏里の番号を書いたりしないだろうし、カップルにもならないだろうから、適当に書いておけばいいかな……。

ちらりと牧彦のほうを見ると、うつむいてシートに番号を書き込んでいる。

牧彦さんは……誰の番号を書くんだろう。

あたし、ってことはないよね……。

なんだか急に弱気になってしまい、牧彦の話をちゃんと聞いてあげれば良かったかな……と思いはじめて、第一希望に『七』と書いた。

それは牧彦の番号だった。

もし牧彦さんとカップルになれたら。

そしたら、あたしから謝ろう。

それでちゃんと話をしよう。

こんなに結果が気になったのははじめてだった。心臓がドキドキ鳴っている音が聞こえてきて。司会者が番号を読み上げはじめると、その音がさらに大きくなった。

「では次のカップルです。七番の男性と――」

七番！　牧彦さんだ！

牧彦さんも、あたしの番号を書いてくれたんだ！

杏里が牧彦のほうを振り向いたとき、司会者が女性の番号を告げた。


「三番の女性のかた。おめでとうございます」


杏里の番号は十四番だ。

ほっそりした綺麗な女性が、牧彦のほうへ歩み寄るのが見えた。フリータイムで一番男性に話しかけられていたひとだ。

牧彦と恥ずかしそうに頭を下げあっている。

杏里は、足元にぽっかり開いた穴に落ちてゆくような気がした。

牧彦さんは、あたしの番号を書かなかった。別の女のひとの番号を書いて、そのひととカップルになってしまった。

昨日、牧彦が美人の同僚と話しているのを聞いてしまったときの倍くらいショックで、頭と顔が火がついたように熱くなり、胸が裂けてしまいそうで、杏里は閉会の言葉を待たずに会場から走り出た。

あたしがいるのに、他の女のひとの番号を書くなんて。

あたしのことは遊びだったの？

それとも、あたしが昨日態度が悪かったから、嫌いになったの？

でも、他の女のひととお店に入ってきて、あんな話をはじめたら、頭にくるのは当然でしょう？

牧彦さん、もじもじしてばっかりで全然説明してくれないし。今日だって婚活パーティーなんか来ちゃうし。もう、わかんないよぉ！

電車に乗っているあいだも涙が目のふちにたまって、何度もまばたきをし、自宅のアパートに戻ってからは声を放って泣いた。

貧乏でもかまわないくらい好きだったのに。

バカぁ！

牧彦さんのバカぁ！

◇　◇　◇

翌日。まぶたがさらに腫れ上がってひどいことになり、杏里は会社を欠勤した。

昼過ぎまで布団をかぶってうだうだして、クッキーと牛乳でおなかを満たしたあと、また布団にもぐりこむ。

今度は眠りすぎで、目がまた腫れそうだ。

でも、起き上がる気力がない。

このまま引きこもりになったらどうしてくれるんだと、シーツを噛《か》みたくなったとき。

玄関のチャイムが鳴った。

無視しても、何度も何度も何度もしつこく鳴り続ける。

ちょっと怖くなって、ドアスコープからのぞいてみたら、人形みたいに綺麗な男性が無表情でチャイムを押していた。

現野だ！

「え？　なんで？　あたし住所教えてないよね。なんでいるの？」

ドアのこちらでパニクるあいだも、チャイムは鳴り続ける。

「もう、うっさい！」

ドアを開けて叫ぶと、現野は手をおろし無表情のまま杏里を見返した。

「どうしてここの住所がわかったの？　なにしに来たの？」

「……田山牧彦から預かったものを届けに来た」

「牧彦さんから！」

なんで牧彦さんがこのひとに？　住所も牧彦が教えたのだろうか？

困惑を深めていると、現野は右の手のひらを上に向け、それを胸の高さまですっとかかげた。

しなやかな手のひらに、ぼぉっと光が浮かび、その中に一冊の本が現れる。

なに？　手品？　その本、どっから出したの？

目をむく杏里に、現野がひんやりした声で語る。

「記憶とは、魂という名の書物に記された個々人の物語だ」

「人はそれをめくることで、物語を読み返すように己の記憶を自由にさかのぼることができる」

「そして、記憶をあらたに書き入れることで、他者の物語を自らの物語に挿入することも、上書きすることもできる」

現野はまったく手をふれていないし、風も吹いていないのに、本のページがぱらぱらとめくれてゆく。

そこにびっしり書かれていた文字が、砂が崩れるようにさらさらと消えてゆく。同時に杏里の耳から頭の中へ、もやもやしたものが流れ込み広がってゆく感覚がして。

――ああ、どうしよう！　杏里さんにどう伝えればいいんだ。

悶々と悩み苦しむこの声は、牧彦？　何故、牧彦の声が杏里の頭の中から直接聞こえてくるのか？

――本当にどうすれば。瀬戸内の島に転勤になっただなんて、杏里さんに言えない！　コンビニもなくて、船で本土へ渡るような不便な田舎だなんて。

転勤！　田舎に？

——せっかく大きなプロジェクトを任せてもらったのに。杏里さんに結婚してついてきてほしいって言えないまま、向こうへ行く日をずるずる引き延ばして、ぼくはなんて情けない男なんだ。

牧彦の焦りや葛藤《かっとう》が、まるで杏里自身のもののように伝わってくる。杏里が牧彦に成り代わり、牧彦として悩んでいるようで、牧彦の事情や考えていることが次々頭の中に浮かび上がる。

杏里がカフェで見たあの年上美人も出てきて、牧彦に早く新しい赴任地へ出発するよう、せっついている。これ以上遅れたら先方の心証も悪くなり、プロジェクトに差《さ》し障《さわ》りが出ると。

——そうなって困るのは、リーダーのあなた自身なのよ、田山くん。さっさと彼女にプロポーズしちゃいなさい。

——で、でも、杏里さんは田舎に住むのは絶対に嫌だって。それに、ひとりで知らないひとばかりの遠い場所へ行くのは不安だから、結婚してついてきてほしいだなんて、あまりにも勝手すぎて。

——なにを言ってるの。もともとそのために婚活をはじめたんでしょう。

——それは……そうなんですけど。

プロジェクトのリーダーに抜擢《ばってき》され、誇らしさと使命感に高揚《こうよう》するのと同じくらい、見知らぬ土地で生活する不安もあって。悩んでいたら同僚たちから、なら結婚して嫁さんと一緒に行けばいいじゃないかと言われたのだ。

——でも、相手もいないし。

——そしたら婚活パーティーとか、マッチングアプリとかやってみれば?

——おっ、それいいじゃん。そうしろよ、田山。しっかりした嫁さんもらって、自然に囲まれた場所で新婚ライフって天国じゃん。仕事にも張り合いが出るってもんだぜ。

同僚たちに煽《あお》られて、はじめて婚活パーティーに参加してみたのだった。

そこで理想の女性に出会ってしまった。

——こんにちは、小谷杏里といいます。よろしくお願いします。

朗《ほが》らかな気持ちのいい話しかたをする、二つ年下の女性は、緊張してへどもどする牧彦を終始気遣ってくれた。ずっと笑顔で、牧彦から会話を引き出そうとしてくれて、五分のお見合いタイムが終わったときも、

——ありがとうございました！

笑顔で言ってくれた。

彼女はとても人気があって、フリータイムでは何人もの男性が、彼女と話をするために順番待ちをしていた。牧彦はそこに加われず、おたおたしていた。

そのまま結果発表のときが来てしまい、彼女が誰かとカップルになったらどうしようとドキドキしていたけれど、嬉しいことに彼女は誰ともマッチングしなかった。

さらに牧彦にとって幸運なことに、参加者の男性から、あぶれもの同士残念会をしないかと誘われて、その参加者の中に彼女がいたのだ。

店で彼女の向かいの席に座ったのは、どえらく綺麗な若い男性だったけれど、えらく無表情で無愛想でもあり、彼女は彼とはほとんど話さず、彼の隣に座っていた牧彦とばかり話していた。

——あたし、そのお店行きたいな。田山さん連れてってくれる?

——はい、ぜひっ。

あのときは、こんなにラッキーなことって本当にあるんだと頬をつねりたい気持ちで、嬉しくて嬉しくて足が宙に浮きそうだった。

彼女は思ったとおり、牧彦をさりげなくリードしてくれる明るくしっかりした女性で、つきあいはじめてからますます好きになった。

杏里さんと結婚したい!

彼女がお嫁さんになってくれたら、きっと知らない土地でも淋《さみ》しくなったりしないし、毎日楽しく過ごせる。

キッチンでふたりで並んで食事を作る様子を想像し、舞い上がっていた。

それでも、結婚していきなり田舎に赴任するというのは、なかなか言い出しにくい。迷っていたら、杏里の口から、田舎暮らしだけは嫌だと聞かされて、ますます言えなくなってしまったのだった。


——田舎へ転勤するなんて言ったら、杏里さんはぼくと別れると言うかもしれない。そんなのいやだ。でも、どうしたらいいんだ。


杏里と会っていても胃がキリキリ痛むことが増えたころ、職場の女性と話しているところに杏里が居合わせ、怒らせてしまった。

杏里は、牧彦がはっきりした説明をせず、もごもご、もじもじしていることに苛立っているようで、牧彦もなんとか杏里に今の状況を説明したいと思うのだが、そうすれば杏里を失うのではないかという不安から、どうしても言い出せない。

もともと牧彦は、自分の考えを言葉にするのが苦手なのだ。特にテンパると、ますます筋道を立てて話すのが困難になってしまう。

杏里をさらに怒らせて、

——どうすれば杏里さんに転勤のことと、ぼくの気持ちを説明して、プロポーズできるんだぁ～。

すっかり追いつめられたとき、残念会で杏里の向かいの席に座っていた、どえらく綺麗で無表情な青年のことを思い出したのだ。

——ぼくの記憶を、杏里さんにメッセージとして送ることができたら、ぼくの気持ちをまるごと杏里さんに伝えられるんじゃないか。

そんなことが本当にできるのかは、わからない。けど、あの二次元の暗闇《くらやみ》から抜け出してきたような風変わりな青年なら、もしかしたら。

もう牧彦は怪しげなスピリチュアルにでもなんでも、すがりたい気分だった。

——あ、でも、彼の連絡先を知らない。どうしたら会えるだろう。

残念会に牧彦を誘ってくれた男性とはラインを交換していたので、そのひとに尋ねてみたら、連絡先はわからないけれど、同じお見合いパーティーでいつも見るから、毎回出席しているのではないかという返事があった。

赴任の日は、目の前に迫っている。

牧彦にはもうあれこれ迷う猶予はなく、記憶の売買を営む現野一夜に会うべく、お見合いパーティーに参加したのだった。


——まさか、杏里さんも来ているだなんて。


——きっとぼくが不甲斐《ふがい》ないから、見切りをつけられたんだ。杏里さんはモテるし、ぼくより決断力があって杏里さんを怒らせたりしない男性を、いくらでも選べるんだから。

杏里は牧彦のことをまだ怒っているようで、ずっと機嫌が悪そうなぶすっとした顔をしていた。

そのせいかフリータイムも最初はひとりでいて、牧彦は杏里に声をかけようか迷った。が、やはり今の自分には、うまく状況を説明する自信がなく躊躇《ちゅうちょ》していたら、参加者の女性たちに声をかけられ、杏里のほうへ行けなくなってしまった。

しかもそのあと杏里は現野と話しはじめて、現野とも話せないというもどかしい時間が続いた。

ようやくフリータイムが終了し、マッチング結果の発表になった。

牧彦は、フリータイムで一番男性に囲まれていた女性の番号を書いた。自分はその女性とフリータイムで話をしていないし、マッチングすることは絶対にないだろうと思ったからだ。

なので、

――七番の男性と三番の女性のかた。おめでとうございます。

司会者の声を聞いて慌てた。

まさかの事態が起こってしまった！

杏里は閉会を待たずに部屋から出ていってしまい、牧彦の目の前ではマッチングした女性が恥ずかしげに微笑んでいる。

ほっそりした、品のある綺麗な女性で、自分にはとってももったいないひとで、そんなひとがろくに話もしていない自分を選んでくれたことは非常にありがたく、また恐れ多いことだった。

けど。

――すみません。ぼくは、本当はここへ来ちゃいけなかったんです。他に結婚を考えている女性がいます。本当にすみません。

何度も頭を下げて謝り倒したあと、会場から出ていこうとしている現野を追いかけ、言った。

――現野くんっ、ぼくの記憶を贈りたいひとがいるんだ！　力を貸してください！

金色の目と銀色の目の美しい青年が、ひんやりした顔で振り向いた。

◇　◇　◇

頭の中を駆け抜けてゆく牧彦の声に、視界に、気持ちに、杏里は息つく間もないほど翻《ほん》弄《ろう》されている。

牧彦の目を通して見る杏里の笑顔も、声も、眼差《まなざ》しも、仕草も、すべてがきらきらと輝いていて――あたしって、こんなに可愛かったの？　こんなに明るくて前向きで、気遣いができて頼もしくて、素敵な女の子だったの？

あたしなんて田舎出のフツーのＯＬなのに、牧彦さんの目に映るあたしは、こんなにとびきりで、極上で、特別なの？

最後に杏里の目の裏に広がった映像は、どこかの店の洗面所と思われる場所で直立不動になり真剣な表情で語る牧彦だった。

鏡の中の自分を滑稽《こっけい》なほど強く見つめ、呼びかける。

――杏里さん！　こんなぼくですが、結婚してください！　一生全力で杏里さんを幸せにします！

――今日の午後二時に、ぼくは赴任地へ電車で出発します。

――もしプロポーズの返事がオッケーなら、駅に来てください。ぎりぎりまでホームで待ってます！

まったく、本当に、牧彦さんときたら――。

「着替えるから帰って！」

玄関のドアをばしっと閉めて、杏里は部屋の中をばたばたと走り回って五分で支度をすませ、ノーメイクのまま玄関から走り出た。

本当、本当に、もう——。

歯を食いしばり、眉根をぎゅっと寄せて、息を切らして駅まで全力で走る。こんなに本気で走ったのは、高校の体育祭以来だ。

なんなのよ、本当に——。

電車に乗ってからも目をつり上げ乗降口のドアを睨んでいたので、他の乗客が怖そうにしていた。

途中で電車を乗り換え、ようやく牧彦が赴任地へ出発する駅に辿り着く。

こんなぎりぎりとか。

しかも待ち合わせがホームとか。

人が行き交う通路を、そのあいだを縫うように駆け抜け、改札をスイカで通過しホームへ走り込む。

出発の時間まで、あと一分足らず！

視線を左右にめぐらせると、荷物を両手に持ち、はらはらした顔で立っている牧彦の姿が見えた。

そちらに向かって、また走る。

もう一生分くらい走った気分で、足ががくがくだ。絶対筋肉痛になる。

杏里に気づいた牧彦の顔に、ぱぁぁぁっと光がさす。


ああ、もう！


牧彦が、杏里に駆け寄る。

杏里も根性を振りしぼり、がくがくの足で牧彦の前まで辿り着く。

行き交う人々でざわめく駅のホームで、杏里は牧彦と見つめ合った。

牧彦の顔は期待であふれている。

杏里が口を開く。

「ナイから」

ぽかーんとした表情を浮かべる牧彦に、杏里はここへ来るまでにため込んでいた気持ちをぶちまけた。

「あんな大事なことを、自分の口で伝える努力もしないで、あんな怪しいひとに頼んで、あんな怪しい方法で知ってもらおうだなんて、ありえないから」

牧彦がもごもごと、あの、でも……とつぶやくのに、

「でもじゃない！　言葉にしなくてもわかってもらいたいなんて、甘ったれんなぁっ！」

叱《しか》りつけたところへ電車がホームに到着し、乗車をうながすベルが鳴る。

おろおろする牧彦に、

「それ言いに来ただけだから。まぁ、ひとりで頑張って」

くるりと背を向け、改札口に向かって歩いていったのだった。

後ろで、牧彦の情けない声が聞こえた。

「杏里さぁぁぁぁん」

◇　◇　◇

交換したプロフィールカードには『うつつの　いちや』とルビが振ってあった。

「ほー、成長したじゃない、現野さん」

婚活パーティーのお見合いタイムで、杏里の向かいに座っている青年をにやにやしながら褒めてみると、

「……杏里は年齢が一歳増えて、おばさん化が進んだな」

と相変わらずの無表情とひんやりした声で、失礼な発言をした。

「まだ二十六だしっ。てか名前呼び捨て？」

「……苗字《みょうじ》が変わったら、田山がふたりになってややこしい」

現野の言葉にちょっと顔を赤らめつつ、

「二十六のうちに苗字は変わる予定だけど、田山とはかぎらないかなぁ」

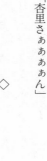

と言っておく。

半年前、牧彦は一人で赴任先へ旅立っていった。

杏里は婚活戦線に復帰し、牧彦と連絡を取り合うこともなかったが、牧彦の赴任から一ヵ月後。

牧彦が暮らす島を訪れたのだった。

牧彦はお化けでも見たみたいに仰天していた。それから『杏里さん、来てくれたんですね』と涙ぐんだ。

杏里は笑顔で、

——え、ただの観光だから。

と答えたのだった。

あれから島へは三度ほど〝観光〟に出かけている。

デパートもフィットネスクラブも、お洒落《しゃれ》なカフェもないけれど、美味しいうどんを食べさせてくれるお店や、ピクニックに最適な景色のいい静かな場所をいくつか見つけた。

先日はそこにピクニックシートを敷いて、牧彦と手作りのサンドイッチやマフィンを食べ、水筒に入れてきた紅茶を飲んだ。

まぁ、悪くなかった。

牧彦は現野と連絡をとっているようで、婚活の場で現野と会うと、牧彦のことをあてこすられる。

杏里が婚活を続けていることを、牧彦は現野から聞いて焦っているようだけれど、やめるつもりはない。

今年は二十六歳の勝負年だし、気合いを入れて将来有望な旦那をゲットしなくては。

牧彦さんが、今度は鏡に向かってじゃなくて、あたしに向かって同じことを言ってくれたら、あのときと別の返事をするかもだけどね。

赴任先でひとりで奮戦して、少しだけ男らしくなったから、その日は案外近そうな気がする。

「余裕ぶっていると、田山に逃げられるぞ」

今日は朝、ラインに牧彦からのメッセージがあって気分が良かったので、

「そしたら現野さんと結婚しようかなぁ」

と、からかってみたら、鉄壁の無表情で、

「……百回記憶を失って生まれ変わっても、答えはノーだ」

と言われて、杏里は頰を膨《ふく》らませたのだった。

「もぉっ、その性格を直さないかぎり、千回記憶をなくしても現野さんは結婚できないんだからねぇ！」

◇　◇　◇

「なんだ、また婚活パーティーは空振りか」

昼間はカフェ、夜はバーになる地下の店の、いつもの壁際のソファー席でノートパソコンを広げていたあけるは、モノトーンの服に身を包んだ綺麗で無表情な青年を見てニヤリとした。

まだぎりぎりカフェの時間だ。休日のこの時間帯にこの青年が、この店へやってくるということは、婚活パーティーで誰ともマッチングせず、終了と同時に会場から直行したことを意味する。

「マッチングしたい相手がいなかっただけだ」

「おまえ、いつもそれじゃないか。結婚したいんなら、まずはその人見知りをどうにかしないとな」

「………」

あけるの指摘にちょっと口をへの字に曲げたあと、

「別にオレは人見知りではないし、結婚するのに不適切な性格をしているわけでもないから、条件さえ合えばすぐに結婚できる」

と珍しく反論してきた。

「いや、不適切だらけだろ。つか婚活はじめたときにも誰かさんは、そう言ってたよな。結婚なんて単なる契約だから簡単だって」

「…………」

「婚活パーティーやアプリなら、恋愛からスタートするより効率的だとか」

「…………」

一夜が聞こえないふりで目をそらし、カウンター席に座り、カフェラテを注文する。バーテンダーの南が笑いを噛み殺しつつ、慣れた手つきで甘さ二割増しのカフェラテを淹れるあいだ、携帯でどこかに電話をかけはじめた。

「……田山か？　今日の婚活パーティーで、杏里は三十一歳の年収一千万の外資系とマッチングしていたぞ」

ひんやりした顔で淡々と語る向こうから、えええええっ！　杏里さんが！　という悲鳴のような声が聞こえてくる。

「夕飯はフレンチのフルコースだそうだ。それ以上は知らん」

と、冷酷に通話を切るのに、あけるが、

「おいおい、自分がうまくいかないからって、波風を立てるなよ。せっかく遠恋が実りそうなのに、破局させてどうするんだ」

と突っ込むのにも完全に無視だ。

田山牧彦は一夜の客で、彼女にプロポーズをするため自分の記憶をプレゼントしたいと、一夜に依頼したのだ。

そのとき店にいたあけるも話を聞いており、

――おい、彼女に関する記憶を全部贈っちまって、彼女がプロポーズをオッケーしてくれても、あんたが、彼女が誰だかわからないなんてことにならないよう匙加減《さじかげん》に気をつけろよ。てか一夜、おまえもしれっとしないで、きちんと説明しろ！

そう口を挟むと、牧彦はおろおろし、

――ええっ、杏里さんのこと忘れちゃうのは困ります！　えーと、えーと、なにを残してなにを抜いてもらえばいいんだっ。現野くん！　一緒に考えて！

と、すがるように懇願した。

一夜が面倒くさそうに牧彦とふたりで記憶の選定をはじめるのに、あけるもちょくちょく口を出し、南も加わり、

――あ、そしたら最後は鏡に向かってプロポーズとかどうです？　洗面台使ってください。

と提案し、

――おっ、それいいじゃねぇか。よし、男を見せろ、田山！

あけるに背中を、ばしっと叩かれた牧彦が、は、はいっ！　と決意のみなぎる顔でトイレに向かうという……そんな経緯があり、牧彦が転勤先の島から彼女にラブコールを続けていることも知っている。

牧彦は今でも一夜を頼りにしており、仕事と関係のないことでしょっちゅう連絡してくると一夜はぼやいているが、一夜からも電話やラインをしているようで、あの人見知りに友達ができたのはめでたいことじゃないかと、あけるは思っていた。

が、細やかな情緒がすっぽり抜け落ちた一夜に、友人の恋のキューピッドは、まだ厳しそうだ。

そんなふうに考えていたら、南が出来たてのカフェラテを一夜の前に置き、目を甘く細めて言った。

「いやいや、あけ先輩。一夜くんが波風立てまくったおかげで、田山さんが奮起して彼女に今度は直《ちょく》でプロポーズするなんて展開もあるかもですよ」

色恋に関しては、ここにいる三人の中で一番経験豊富であろうイケメンな後輩の見解には説得力があり、

「なるほどな」

と、あけるもつぶやいた。

「これで田山が彼女と結婚したら、おまえも晴れてキューピッドか。名刺に『恋愛相談うけたまわります』って入れられるな、一夜」

「…………」

綺麗で人見知りな青年から返事はなかったが、カップに浮かぶ可愛らしいハートのラテアートをやけにじぃーっと見おろしていて――。

からかったつもりが、その気にさせてしまったか？　この情緒が欠落した青年が客の恋愛相談を引き受けたらいったいどうなることやら。

背中に汗をかきつつも、あけるはまたニヤリとする。

まぁ、いいか。

こいつがなにかやらかさないよう、俺が見ていてやるさ。

ハートのラテアートを見おろす現野の瞳は、ひんやりと冷たい。が、感情というものを知りはじめた無垢《むく》な子供のようでもあった。

第三話

「美食の代償」

「あたくしのウエストは、ヴィヴィアン・リーと同じ四十九センチですわ」

記者のインタビューにカレナは、舞台で見せるのと同じ大輪の薔薇《ばら》の花にもたとえられる笑みを浮かべ、答えた。

ドラマや映画への出演を拒《こば》み、一貫して舞台にのみ、そして常にスポットライトの中央に主役として立ち続ける女優、乃木坂《のぎざか》カレナ。

現在、カレナが座長を務める『風と共に去りぬ』の舞台が、連日満席で上演中だった。

相手役のレット・バトラーは、テレビで大ブレイク中で大河ドラマのメインキャストとして出演も決まっている俳優砂川剛《すなかわごう》で、彼目当ての女性客も多いが、それ以上にスカーレット役のカレナの存在感が圧倒的だと、どの評論家も、実際に舞台に足を運んだ観客たちも絶賛する。

腰をきゅーっと絞り、フープを入れて広げたドレスを着たカレナが舞台に登場するだけで、観客はそのあざやかな微笑みや、誇らしげな仕草、驚くほど細いウエストに目を奪われ、『風と共に去りぬ』の世界に引き込まれる。

まるで、あの伝説のハリウッド映画でスカーレットを演じたヴィヴィアン・リーが現れたようだと、口々に言い合うのだ。

「女優として体型の維持には、常に気を配っておりますの。夜の七時以降は一切食事は口にいたしませんし、お菓子もカカオ七十パーセント以上のビターチョコレートしかいただきませんわ」

今年三十四歳を迎えたカレナの体のラインは、二十歳で鮮烈なデビューを飾ったころとまったく変わっていない。

その美貌にも年々磨きがかかり、観客を感嘆させている。

舞台を降りても芝居がかった大仰なしゃべりかたをするカレナは、それでこそ『カレナ様』だと大勢の支持を集めている。

「このウエストが一センチでも増えたら、あたくしはあたくしを許せませんわ。一生涯四十九センチを守り抜きますわ」

カレナがそんなふうに語った記事が出たあと、観客の視線はますますカレナのきゅっとしまったウエストに集まり、

「あれが四十九センチのウエストかぁ」

「細《ほ》っそいわねー。うらやましい」

「乃木坂カレナのウエストに保険がかかっているって本当？」

と、また感嘆とともに噂《うわさ》するのだった。

そんなカレナだが最近、様子がおかしかった。

この日の開演前も、スカーレットのドレスをまとったカレナはインタビューに答えていた。

記者から、

「カレナさんは、お菓子はカカオ七十パーセント以上のビターチョコレートしかめしあがらないとのことですが、舞台のあいだお食事はどうされているのでしょう？」

と訊かれて、

「そうですわね、先日はイタリアンのコースを楽屋に運んでいただきました」

と薔薇の笑みを浮かべて答えた。

「そ、それは、なかなかすごいですね。いや、さすが女王カレナ様というべきでしょうか」

「イタリアンはオリーブオイルを使っていて、ヘルシーですから」

「なるほど」

「そのあと、ベトナム料理のコースを追加いたしました」

「え」

「ベトナム料理はお野菜をたっぷり使っていて、油も少なくてヘルシーですから」

「な……なるほど」

「それからカレーも少々」

「まだめしあがったんですか！」

「カレーのスパイスには血流を良くし代謝を活発にする作用がありますのよ。とってもヘルシーですの」

「そ……なんですか」

「ええ。ダイエットにも最適ですの。あたくしのウエストをごらんになっていただければおわかりでしょう」

「は……はい、確かにほっそりしてらして、とてもそんなにめしあがるようには全然……」

カレナのきゅっとしまったウエストを見ながら冷や汗をかく記者に、カレナはますます麗しくあでやかに、

「でしょう？」

と微笑んでみせた。

「帰宅したあとは、赤身のお肉を焼いたステーキをいただきましたのよ。三センチくらい厚みのあるA5ランクのものを、ミディアムで。それから鴨《かも》とラムも追加して。どれも脂肪が少なくてヘルシーですのよ」

乃木坂カレナは夜の七時以降は、一切食事を口にしないのではないかという疑問が記者の目に浮かんだようだったが、カレナの健啖家《けんたんか》っぷりと、その細いウエストとの対比に圧倒されたのか、それ以上カレナの食生活について質問することはなかった。

そしてカレナは頭の中で、
今日は、なにをいただこうかしら?

鶏《とり》の水炊《みずた》きなんて、とてもヘルシーだわ。

ヨーグルトを使ったブルガリア料理ももちろんヘルシーだし、お野菜を練り込んだ麺《めん》で作るラーメンも、きっとヘルシーですわ。

それに海産物がたっぷりいただけるお寿司《すし》もヘルシーで、お酢も体に良くて健康的ですわね。

ああ、迷いますわ。

いっそ全部いただいてしまおうかしら。

どうせ、あたくしはなにを食べても太らないのですし。

などと考えていた。

◇　◇　◇

美食の愉《たの》しみを覚えてから、カレナは食べ物のことをあれこれ夢想する時間が多くなった。

それまではシナリオのチェックをしたり、筋トレや美顔マッサージなどにあてていた時間も、椅子にもたれて、今日と明日とその翌日の食事をなににしようか考えている。

今日はお肉の気分ですわね。

豚肉も脂身が少ないところを選んで調理していただけばヘルシーですし、おからをまぶせば健康的なとんかつも作れますわ。

ああ、いいですわね、とんかつ。

さくさくの衣に包まれた熱々でジューシーなお肉を、お箸《はし》で挟んでいただくのですわ。衣がさくっと音を立てて、そのあとピンク色のお肉から肉汁がしたたり落ちるのですわ。

味付けは、ソースよりもお塩がヘルシーですわね。

女優たるもの健康と美容の管理は、しっかりいたしませんと。ええ、あたくしはソースよりも断然、塩。

とんかつに添えるキャベツもマヨネーズではなく、塩と純正ごま油をかけていただきましょう。

そうして食べたいメニューが決まると、携帯で注文する。

「もしもし、あたくしだけど。今日のお昼はとんかつをお願いするわ。ええ、四百グラムくらい。千切りキャベツも山盛りにしてくださいな。それと豚汁と、白菜と大根のおつけものと、ああ、このあいだいただいたセロリのおつけものも美味しかったわ。あれもつけてちょうだい。ごはんは結構よ。炭水化物のとりすぎは老化を招きますわ。わさびと海苔《のり》を入れた麦とろろだけいただくわ。ええ、どんぶりにいっぱいくらい」

それを耳にした舞台の共演者やスタッフたちは、

「カレナさん、とんかつ四百グラムも注文してた」

「ええっ！　それ三人前くらい？」

「麦とろろも、どんぶりいっぱいだって」

「口がかゆくなりそう」

「この前は、ステーキを千グラムとか注文していたし」

「あたしも、バターを使わないヘルシーフレンチのコースと、中華の糖質制限コースを両方頼んでいるのを聞いたわ」

と、ひそひそ語り合い、

「どうしてそんなに食べてるのに、カレナさん、全然太らないんだろう」

「ちょっと怖い」

と不気味そうに目を見交《みか》わすのだった。

◇　◇　◇

カレナがスカーレットを演じる舞台は、評判が評判を呼び、席が空いている日はない状態を続けており、カレナのウエストも四十九センチをキープしていた。

いや、正確には四十八・二センチと、ほぼ四十八センチで、ヴィヴィアン・リーよりも細くなっていた。

毎朝ウエストを測っているカレナは、その数値に満足し、

「あたくしはヴィヴィアン・リーを、とうに超えていたということですわね」

と、ひとり、うなずいていた。

が、スタッフたちは、

「カレナさん、痩《や》せすぎじゃない？」

「ウエスト、折れそう」

「なんだか顔もこけてきたし」

「あれだけ食べまくってるのに、こんなに痩せていくなんて病気かも」

と心配していた。

カレナのマネージャーも、

「カレナさん、一度病院で見てもらいましょう」

と言ったが、カレナは、

「あたくしがいくら食べても太らないのは、女優とはそういうものだからですわ」

と優雅に答えて、相手にしなかった。

が、実際は、足や頭がふらつき、おなかにも力が入らない。

舞台女優にとって会場の隅々まで通る声は命だというのに、声を張るシーンでおなかに力を入れようとすると、クーと、おなかが鳴ってしまい、声もカレナが満足のゆくレベルに届かないという具合だった。

しかもカレナがおなかを鳴らしたとき、ちょうどラブシーンを演じていたレット役の俳優が、あきらかに笑いをこらえているのを見てしまった。

抱かれたい男ナンバーワンのイケメン人気俳優だかなんだか知りませんけど、しょせんテレビ俳優。声量が全然足りてませんし、演技もちまちましていて、今ひとつですわ。この舞台の主役は、あくまであたくしひとりということですわね、などと下に見ていた相手に、笑われている！

常に完璧であり続ける女王、乃木坂カレナにとってこれは非常に屈辱で、はじめて自分の体調に対して危機感を覚えたのだった。

「あたくしは、どうしてしまったの？　おなかがこんなにはしたなく鳴り続けるだなんて。頭もくらくらするし、体に力が入りませんわ。もしかして不治の病《やまい》？　美人薄命とはいえ、あんまりですわ」

スカーレットの衣装を身につけて、メイクもすべて終えて、楽屋の椅子にぐったりともたれてつぶやいていたとき、ひとが入ってきた。

開演まで誰も通すなとマネージャーに言っておいたのに、その青年はあたりまえのように淡々とした様子で現れた。

白と黒のモノトーンの服に身を包み、女性のカレナよりも白くなめらかな肌をした美貌の青年。

芸能界に身を置き美男美女を見慣れているカレナでさえ、はじめて彼に会ったときは、こんなに綺麗な男が、この世にいるのかとまじまじ見つめてしまった。そのあとひそかに歯ぎしりし、激しくライバル視したほどだ。

カラーコンタクトを入れているのか、金色の目と銀色の目、左右違う色の目をした、まだ幾分か少年の面影を残した青年は、ひんやりした顔をカレナに向けて言った。

「おまえのそれは、単なる空腹だ。腹を満たせば元気になる」

「おかしいじゃありませんの。あたくしは毎日おなかいっぱいごはんを食べておりますわ。今朝だって、スパイスたっぷりのカレーと、赤身のステーキをミディアムでがっつりと」

反論するカレナに、青年が表情を変えずに告げる。

「それは、おまえがオレから買った『記憶』だ」

「記憶……？」

なにを言っているんですの、この男は。

あたくしが記憶を買った？

あたくしが彼から購入しているのは、食事のはず。

「それも忘れてしまったのか？　おまえが食事をしたという記憶、それはおまえがカレーやステーキを口にしたわけではなく、それらを『食べた』という記憶を、おまえの記憶に上書きしただけだ。実際には食べていないのだから、腹が減るのはあたりまえだろう」

食べた記憶？

実際には食べていない？

胃がきりきりと痛むのは、そのせい？
青年の言葉が、カレナが意識の下にしまい込んでいた記憶をゆるゆると引き出してゆく。

そう、あれは『風と共に去りぬ』の公演がはじまってすぐのことでしたわ。
朝、いつものようにウエストを測ったとき、あたくしは恐ろしいものを目の当たりにして悲鳴を上げたのですわ。

——いやあぁぁぁ！　四十九・二センチですって！　このあたくしのウエストが四十九・二センチ！　ずっと四十九センチをキープしてきましたのに、たった一日で〇・二センチも増えているなんて、これはなにかの間違いですわ！

この日の舞台ではいつも以上にウエストを絞り上げ、完璧なスカーレットを演じてみせたが、ウエストが〇・二センチも増大していたという衝撃と屈辱は忘れられなかった。
翌朝、おそるおそる測ってみたら、なんと四十九・三センチに増えていた！

——どうしてですの！　昨日は食事もセーブして筋トレも普段の倍もしましたのに。何故四十九・三センチなんておぞましい数値になっているんですの！

このままだと明日はまた〇・一センチ増えて四十九・四センチになっているかも。次は四十九・五センチで、四捨五入したら五十センチではないか！

――ウエストが五十センチだなんて、それはもはやあたくしではありませんわ。なんとしても四十九センチジャストに戻さなければ。ああ、でも、食事をセーブしても筋トレをしても戻らないのなら、どうすれば良いのでしょう？

人前では絶対に吐《は》かない弱音が、カレナの口からこぼれたとき。頭の隅《すみ》で、ある噂がひらめいた。

それは記憶の売り買いをする青年の話で、その青年から記憶を買うと、自分が体験したことのない出来事や気持ちをリアルに体験できるという。

たとえば唸りを上げて向かってくる百五十キロの速球をミットでキャッチする感覚を、自分の記憶として体感してみたり、一度もモテたことのない男性が、女の子にキャーキャー囲まれている記憶を実体験してみたり。

──そんなことが本当に可能ならば、『食べた』という記憶を買えば、ストレスをためることなく、今よりさらに食事をセーブできますわ。

記憶を自在に取り扱う青年の話をカレナにしたのは、昼間はカフェ、夜はバーになる店の、若いバーテンダーだった。

背が高くハンサムで、笑顔も話しかたも爽やかで人懐こい──愛想の良い大型犬のような青年は、

──あれ、久しぶりです。カレナさん。

と気さくに挨拶してきた。

カレナが記憶を売買する青年に会いたいことを伝えると、

──カレナさん、やっぱり持ってますよね。ちょうど今、来てますよ。

そう言ってバーテンダーが向けた視線の先には、カウンターの一番端《はし》で甘ったるそうなカルーアミルクを飲んでいるひんやりした顔の美青年がいて、それが現野一夜だった。

『記憶の買取・販売いたします
ご連絡お問い合わせはこちらへ
××××@×××

記憶書店　うたかた堂』

食事の記憶、どうせなら美食の記憶を購入したいことを告げると、青年は名刺の裏に淡々と携帯の番号を書いてよこした。

連絡をくれれば、望みのメニューを届けると。

報酬は現金の振り込みか、またはカレナの持つ『記憶』でと。

提示された金額は高額だったが、カレナには払えない額ではない。一度試してみる価値はありそうだと思った。

壁際のソファー席でノートパソコンのキーをしかめっ面で叩いていた常連らしい、目つきの鋭い小柄な男が、

――ダイエットのために『食の記憶』を買うだって？　そんなに細いのに、それ以上痩

せてどうすんだ。

と話に割り込んできたが、

――あたくしがあたくしに求めるものは、あなたがた凡人が想像されるよりも、はるか高みにありますの。

と華やいだ笑みとともに答えた。

――意識高い系ってやつか。ダイエットのしすぎで、ぶっ倒れないようにしろよ。

――あら、ご忠告ありがとう。もちろん、健康であることは美しくあることと同様に、あたくしの務めですもの。

自信たっぷりに断言したはずだった。

い、い、い、い。

そう、思い出した。

注文の品を、売買人の現野がはじめてカレナの楽屋に届けに来た日、彼がさしあげた手のひらから、淡い光に包まれた一冊の本が現れたこと。その本が、手をふれてもいないのに、ぱらぱらとめくれはじめたこと。

――記憶とは、魂という名の書物に記された個々人の物語だ。

――人はそれをめくることで、物語を読み返すように己の記憶を自由にさかのぼることができる。

――そして、記憶をあらたに書き入れることで、他者の物語を自らの物語に挿入することも、上書きすることもできる。

ひんやりした声が語り、ページに印字されていた文字が砂がさらさらこぼれ落ちるように消えてゆく。

それと同時に、カレナの耳から、ひえびえとした声とともに、なにかが入ってくる感覚がして、頭の中に薔薇色のローストビーフが浮かんだ。

目の前で銀色の長いナイフで切りわけられたそれは、真っ白な皿の上にしたたるほどに肉汁をたたえ、口に入れるとえもいわれぬほどしっとりとやわらかく、豊かな旨味《うまみ》が舌の上に広がっていった。

香りも素晴らしく、ショウガとニンニクのきいたソースも絶品で、飲み込んだあと、目を閉じ、たっぷりと余韻を味わう。

――ああ……なんて美味しいの。

シェフは次々肉を切りわけ、カレナは存分にそれを味わった。

普段なら体型と健康維持のために一枚でやめておくところを、二枚、三枚、四枚と皿を重ねてゆく。

おなかがはちきれそうになるまで食べるというのは、こういうことなのだと人生ではじめて経験した。

実際にこんなに食べたら、あきらかに過剰摂取で、体重計に乗ったら悲鳴を上げてしまうだろうけれど、これはローストビーフを食べているという『記憶』なので、ゼロカロリー、ゼロ糖質だ。

どれだけ食べても太らない。

しかも、とびきり美味しい。

──素晴らしいですわ。明日から毎日お料理を届けてちょうだい。

おおいに満足し、そう伝えたのだった。

そうだ。

最初は昼食だけだった。

けれど、豪華なコース料理を味わったという記憶のあとで、家で夕飯に春雨《はるさめ》のスープをすすり、鶏のささみをつまむというのは実にわびしく、自宅のマンションにも配達を依頼するようになった。

『記憶』と一緒に、健康のための最低限の食事も摂取すれば良いのだと、そのときは思っていた。

それが、伊勢《いせ》エビのグラタンや、毛ガニの蒸《む》し焼《や》きや、ウニのカクテルでおなかも味覚も満足したあとで、質素な食事をとる気にはとてもならず、

──おなかもいっぱいですし、明日食べれば良いのですわ。

そんなことを繰り返し、通常の食事を食べなくなっていった。

供給される美食の記憶があまりにもリアルで、現実との境目がどんどん曖昧になり、ウ

エストも体重も目に見えて減ってゆき、そのころにはもうカレナは『記憶』を食べているという認識もなくしていた。

——あたくしは、いくら食べても太らないんですの。

それはカレナが真の女優である証《あか》しであると、悦に入っていたのだ。

「なんてことですの、このあたくしが美食の快楽に溺《おぼ》れて体調管理を怠るだなんて」

憤然として立ち上がろうとしたら、くらりとめまいがし、また椅子にへたり込んでしまう。

「くぅぅぅ、おなかに、力が入りませんわ」

このあとカレナが主演の舞台がはじまるのに、このままでは声が出ない。それどころか舞台まで歩いて辿り着けるかも怪しい。

「お客さまは、あたくしを見に来ているのに休演なんてありえませんことよ。あなた、手を貸しなさい」

さっきからずっと無表情のまま立っている現野に声をかけると、ひんやりした目で言われた。

「手を借りなければ歩くのもままならないようでは、どのみち舞台に立つのは無理だろう。代役を立てて病院で点滴でも打つんだな」

「あたくしの舞台に、あたくしに代わる女優などおりませんわ！」

あまりの暴言にカッとなって声を張り上げたら、またあまいがして、椅子の背にしがみつく。

「舞台には……立ちます、立ちますわ、絶対に。あたくしは、女優なんですから」

「…………」

現野があきれたように見おろしているのに、腹が立つ。

そこへ、カレナの先ほどの叫びを聞いて心配したマネージャーとスタッフがやってきて、楽屋のドアを叩いた。

「カレナさん、どうしたんですか。入りますよ」

ドアが開いて、マネージャーの男性と、数人のスタッフが一度に姿を見せる。

カレナが衣装を着たまま椅子にしがみついて唸っているのを見て、慌てて駆け寄る。

「彼が、カレナさんになにかしたんですか？」

と疑惑の眼差しが現野に向けられた。

カレナはこれまで現野のことを料理のデリバリーだと説明していたが、目立ちすぎる美貌なので、デリバリーというのは表向きで、きっとカレナの年下の恋人で、役者かミュージジャンの卵だろうと思われていたふしがある。

なにしろ料理のデリバリーに訪れているはずの彼が、食事や食べ終わったあとの食器を持っている様子を、誰も見たことがなかったので。

「……オレは関係ない」

現野はあくまでも淡々としている。

そうですわ、そのひとは関係ありませんわ。

これは、あたくしのミスですわ。

けど今は、反省している場合ではありませんことよ、開演が迫っているのですから。

おなかをすかせてふらふらしながら登場するスカーレットなんて、舞台がぶちこわしですわ！

そう主張したいのに、やっぱりおなかに力が入らず声が出ない。

代役を立てるくらいなら、舌を嚙んで自害しますわっ。

そこまで思いつめたとき、スタッフのひとりが手に持っているあんパンが目にとまった。

ちょうど袋を開けて食べようとしたときにカレナの声を聞いて、あんパンを持ったまま駆けつけたのだろう。

「そのあんパンを……」

「え？」

あんパンを手にした男性スタッフが、きょとんとする。

「あたくしに、およこしなさい」

声を絞り出すカレナに、まだスタッフはわけがわからなそうにしているのに焦れて、カレナは腕を伸ばして彼の手からあんパンを奪いとった。

指でちぎることなく、そのままかぶりつく。

マネージャーやスタッフに驚きが走る。

カレナは夢中であんパンをむさぼり食った。

やわやわした白いパン生地《きじ》の中から、脳天を貫《つらぬ》くような甘い粒餡《つぶあん》がカレナの口の中に押し寄せてくる。

かまわず、口いっぱいに頬張る。

パンと甘い餡子《あんこ》が混じり合う幸福に、脳も体も興奮している。

あんパンって、こんなに美味しいものだったんですの？

もう二十年以上も食べたことがなく、これからも手にとることはないであろうと思っていたカロリーと炭水化物のかたまりを、両手でわしづかみにし、がつがつ食べ続ける。

「カレナさんがあんパンを」

「嗜好品《しこうひん》はビターチョコレートだけと決めておりますの、とか言って差し入れのおまんじゅうも絶対に食べないのに」

「あんなに、がっついて」

周りは全員茫然《ぼうぜん》だ。

そんなのかまっていられない。

甘味が脳を刺激し、炭水化物が喉をすべり胃に落ちてゆくたび体がカッと熱くなり、血液が体内を駆け巡り、おなかの底から力がわいてくる。

別のスタッフが持っていた飲みかけのお茶も奪い、顔を上に向けて最後の一滴までごくごくと飲み干す。

そうして、ふぅーっと息を吐き、

「さぁ、開演ですわ」

フープで膨らませたドレスのスカートを大きく揺らして、立ち上がった。

口の端についたパン屑《くず》を、指先で上品に払いのけ背筋をピンと伸ばし、細い腰を見せつけながら歩いてゆく様子は、まさしく『風と共に去りぬ』の不屈のヒロイン、スカーレットだった。

この日、スカーレットの見せ場である、戦争で荒れ果てた大地から赤い土をつかんで立ち上がり、

『神さまが証人だわ。神さまを証人にしてあたしは誓う。——神さまを証人にして、二度とひもじい思いなんかするものか』

と宣誓するシーンは圧巻で、その魂のこもった叫びに、観客のみならず舞台裏のスタッフまでも震えた。

鳴りやまないアンコールの拍手を浴びて、カレナは緋色《ひいろ》の薔薇のように微笑んだのだった。

◇　　◇　　◇

「あら、まだいらしたのね」

舞台の袖に無表情に立っている青年を見て、カレナは優雅に声をかけた。

「もしかして、心配してくださったのかしら」

「いいや、いつ燃料が切れてコケるのかと興味本位で見ていた」

青年の言葉に、口元をあでやかにゆるめてみせる。

「そう、期待に添えなくてごめんなさい」

実際はまたおなかがすいて、油断すると足がふらつきそうなのだけれど根性で耐えている。

それに気持ちはとても高揚していた。

「あたくし、あなたに感謝しておりますのよ。あなたが売ってくださる『記憶』はあまりにも素晴らしくて、それに溺れてしまって、あたくしにもまだ弱さが残っていたことを認識しましたの。これからは、より厳しく自己を律するつもりですわ。つまり、あたくしはさらに完璧になってゆくということでしてよ。それともうひとつ、わかったことがありますのよ」

無表情に見返してくる青年に、カレナはすまして言った。

「空腹に勝る調味料はない。あれって真実でしたわ」

そう、青年がくれたどの『記憶』よりも、空腹のさなかにむさぼるようにして食べた、コンビニのあんパンのほうが美味しかったのだから。

青年は、ちょっとだけ憮然《ぶぜん》としていた。

◇　　◇　　◇

後日、昼下がり。

「あけ先輩、これ見ました？　カレナさんの舞台めし」

部活の元後輩でバーテンダーの南が差し出した雑誌を、あけるはノートパソコンのキーを叩く手を休め、首を伸ばしてのぞきこんだ。

某コンビニで販売しているあんパンを手に持ったカレナが、華やかに微笑んでいる。

『女優には体力の維持のため、炭水化物の摂取も必要だと学びましたわ』

そんなコメントが添えられている。

「この記事、ネットでも拡散されてあんパンが品切れらしいですよ」

「へぇ」

と、あけるが口をゆるめながら視線を向けた先には、カウンターで無表情のまま、カフェラテと一緒にあんパンを食べる青年の姿があった。しかもカウンターの上にあんパンの袋が、さらに四つ並んでいる。

「おまえって一度気に入ると、延々リピートするタイプなのな。よかったな、お気に入りが増えて」

と言ってやると、一夜はあんパンを手に持ったまま、ほんの少しむっとしている顔で答えた。

「……気に入っているわけではない。オレが売った三つ星レストランの料理よりも、このあんパンのほうがうまかったというので、本当にそうなのか確かめているだけだ……やはり納得がいかない」

仕事に対して、しっかりプライドを持っているらしい。それに案外負けず嫌いなのもおかしい。

「じゃあこいつはもういらないな」

と、一夜に近づいていったあけるがあんパンの袋をひとつつかんで、返事を待たずに開封すると、

「そうは言っていない」

と、あけるからあんパンを奪い返そうとする。

「これは腹の減り具合で味がどれだけ変化するのかを検証するために、棚にあるだけ全部買ってきたんだ」

「なら俺は朝からコーヒーしか飲んでなくて腹ぺこだから、最適のサンプルだろ」

一夜の手をかわして、大口を開けてあんパンにかぶりつく。一夜が非難の眼差しのあと、様子をうかがうようにじっと見てくるのに、ゆっくりとあんパンを飲み込んだあと、

「あ……これマジでやべぇわ」

と、つぶやくと、

「……っ」

と一夜は口惜《くや》しそうに唸った。

「やべっ、牛乳欲しいわ。南、牛乳くれ」

南がカップに注いでくれた冷たい牛乳と一緒に、「うめぇな」と言いながらあんパンをぱくつくあけるを、一夜は自分もあんパンを食べながらしかめっ面で見ていた。

それがふてくされた子供のようで、あけるはますますあんパンをうまいと感じたのだった。

空腹に勝る調味料はなしか。

なるほど、けど普段は無関心で無表情な氷の人形みたいなやつの不満顔ってのも、最高の調味料だよな、とにやつきながら。

第四話

「あけるの初恋」

記憶とは、魂という名の書物に記された個々人の物語であると、その青年はひんやりした顔つきで、あけるに語った。

人はそれをめくることで、物語を読み返すように己の記憶を自由にさかのぼることができると。

「だが書かれていた文字が消えてしまえば、そこにあるのはただの空白のページ——記憶の欠如、あるいは忘却だ」

白い額にかかる夜色の髪、その下の双眸《そうぼう》は右がきらめく金色で、左は冴《さ》ゆる銀色という虚構《フィクション》の中でしかお目にかかれないような——一年ほど前、あけるが不本意ながら関わりを持った彼は、そんな不吉な美貌の持ち主で、少年と定義するには大人びすぎていて、青年と定義するにはどこか未成熟で危なげだった。

「また、空白にあらたなエピソードを書き込めば、別の物語が生まれる。記憶の再構成、あるいは——入れ替え、変革だ」

そんなことが可能なのかと、しかめっ面で問うあけるに、当時まだ法学部で学ぶ学生だった青年は、どこまでも無表情に淡々と告げる。

「できる。入れ替えも、変革も、消失も」

そして言う。

「それがオレの生業《なりわい》だ」

◇　◇　◇

「あけ先輩、ラインの着信音、めっちゃ鳴ってますけど」

昼間はカフェ、夜はバーになる地下の店。いつもの壁際のソファー席で、犬飼あけるは無骨な指でノートパソコンのキーをひたすら叩いている。

「ああ……だな」

店のバーテンダーで、あけるの部活の後輩でもある南に指摘され、小柄なわりに大きな手を忙しく動かしながら生返事で答える。そのあいだもテーブルに伏せたスマートフォンからは、着信音がひっきりなしに鳴り響いている。

「見ないんですか？」

「……見たら不幸になる」

とつぶやけば、あけるより二十センチ近くもすくすくと成長したイケメンの後輩は、

「原稿の締め切りが近いんですね」

と納得したらしい。

「……締め切りは三日前の午後五時……だった」

さらに、あけるが画面を睨みすえながら爆弾発言をすると、あきれている声で言った。

「あけ先輩、また締め切りブッチしたんですか。そりゃ担当さんに鬼催促されてもしかたないっすよ。てか携帯見る気ないなら、オレ預かりましょうか？　今、他にお客さんいないからいいけど、着信やみそうにないし気が散るでしょう」

「いや、いい。今そいつが消えたら俺はテーブルに突っ伏して爆睡する。その音が、鞭《むち》をピシピシあてられる競走馬の気分にさせてくれて、普段の三倍の執筆速度が出せるんだ。俺をゴールまで追い立ててくれる、ありがたい着信音さまだ」

「……あけ先輩って目つき鋭くてサドっぽいのに、実はマゾっすよね」

肯定はしたくない。だが実際、原稿の締め切りのたびに同じ苦行を繰り返しているのだ

から、反論もできない。

犬飼あけるはミステリー作家である。

大学を卒業する直前に、小説雑誌の新人賞に応募した作品が佳作に引っかかってデビューし、五年後の今も作家を続けている。

「蔵高《くらこう》バレー部のころからそうでしたよね。意外性にとんでるっていうか、リベロなのにやたら攻撃的で試合中がんがん前に出るし、いっつも眉間《みけん》に皺《しわ》寄せて、しかめっ面で、声もでかくて、おっかない先輩だなぁと思ってたら、小説書いて投稿とかしてて。うっかり原稿のコピーを部室に置き忘れて、オレに読まれて真っ赤な顔でうろたえて盛大にコケて――。オレ、あれであけ先輩の印象が一転しましたもん。あんまり驚いたんで、あのときのあけ先輩の恥じらいっぷりが忘れらんないんすよね」

あけるは手を止めないまま、ドスのきいた声で言った。

「……今すぐ忘れろ。さもなきゃこの原稿が上がったら、記憶喪失になるほどぶん殴る」

「いや、そのギャップがあけ先輩の魅力っていうか。そう！　妙花《たえか》さんも、あけ先輩のそういうとこに惚《ほ》れたんですよ、きっと」

こいつ、妙花の名前を出せば、俺が照れておとなしくなると思っているな。

しゃくに障るがそのとおりで。つきあいはじめて半年経《た》っても、妙花のことでいじられると変に顔が熱くなって、もぞもぞしてしまうし、あの白石《しらいし》妙花が自分の彼女だということに慣れない。

それはきっと、あけるが十年も妙花に片想《かたおも》いをしてきたせいだろう。

交際をはじめた直後、はじめて妙花と一緒にこの店を訪れたとき、南は目を丸くし、

——え？　あれ？　白石妙花さん……ですよね？　蔵高三大美少女の。え？　ええ？

なんで、あけ先輩と？

と、きょどっていた。

妙花はあけるの一学年下で、同じ高校という以外接点がない。また、あけるの気持ちは秘めたものだったので、強面《こわもて》の先輩が、しとやかな美人で有名だった妙花を連れていることに驚いたのだろう。

いったいどういう関係なのかと訊かれて、あけるが視線を泳がせ、そわそわしながら、

——ああ、なんだ……その、つ、つきあってるんだ。

ぼそりと伝えると南がますます目を見張り、あけるは恥ずかしさでいたたまれなかった。

が、そのとき妙花があけるのジャケットの袖をきゅっとつかみ、嬉しそうに微笑んで、赤く染まった顔を伏せた。

それを見て、胸がむずがゆくて甘ったるい気持ちでいっぱいになり、まぁ隠すことでもないし、妙花を彼女だと紹介できて良かったと思ったのだ。

あの日妙花は席に着いてからも、嬉しそうにあけるをちらちら見上げていた。

幸せそうな眼差しがあけるの脳裏に浮かんできて、キーを叩く指が止まりそうになり、ラインの着信音で我に返る。

いかん、締め切りが。今は仕事に集中だ、と妙花の姿を振り払う。

けど……おととい俺のマンションに来たとき、妙花は様子がヘンだったな……。

原稿を書かなければならないので今日は帰ってほしいと言うと、目をうるませて暗い表情になり、邪魔しないから……あけるくんと一緒にいちゃダメ？　と珍しくごねた。

――すまん。締め切りがマジやばいんだ。俺、原稿に没頭すると風呂《ふろ》にも入んないし、気も荒くなるから、妙花にヤな思いさせたくない。

そう言うと、肩を落として、

——わかった……わ。ごめんなさい。

と言って去りかけて、

——あのっ、あけるくん、わたし……。

あけるをじっと見上げて、なにか言いたげな様子だったが、すぐにまたうつむいて、

——なんでもない。お仕事……頑張ってね。

か細い声で言い、出ていった。

やばい。思い出したら罪悪感がひしひしと……いや、集中だ、集中。

自宅にいると妙花のことを考えてしまうので店に来たのに、これでは意味がない。

眉間に皺を寄せて唸っていたら、空になったカップにコーヒーのおかわりを注いでくれた南が、

「妙花さんのバースデーもすぐだし、あけ先輩、踏ん張らないと」

と余計な激励をする。

あけるの指が止まった。

「バースデー？　妙花の？　いつだ？」

「え！　あけ先輩、彼女の誕生日、知らないんすか？　彼氏なのに？」

「そういう話をしたことなかったし。おまえこそなんで他人の彼女の誕生日を把握してんだ」

「この前、妙花さんがうちの店で、あけ先輩と待ち合わせしたとき、すごく上品な藤色《ふじいろ》のカーデ、はおってたじゃないですか。それいいですねって褒めたら、テレビの朝の星占いで今日のラッキーカラーだったからって。そっから、なに座なんですか？　って話になって、その流れで聞いたんですよ。オレ『ああ誕生日もうすぐじゃないですか、つきあいはじめて最初の誕生日だから、あけ先輩、気合い入れて祝ってくれますよ』って言っちゃったのに。まさか知りもしなかったなんて」

確かにヤバイ。妙花も何故言わなかったのか。

いや、俺から訊くべきだったのか？　もしかしたら妙花がなにか言いたげにしていたのは、そのことだったのかもしれない。

「それで、いつなんだ」

「来週の月曜っす」

今日は火曜日だから、もう一週間もない。それらしい店を選んで予約して、プレゼントも用意しなければ。原稿が明日の朝一で終わるとして、家に帰って風呂に入って、寝て――あ、原稿の修正とゲラのチェックもして――間に合うのか？

「つっ、まずは原稿を、完璧に上げてからだ」

◇　◇　◇

ここから半日ほど、あけるの記憶はとんでいる。

早朝。メールに添付した原稿を担当に送信し、そこから二駅先のマンションへふらふらと帰宅した。まだ修正が入るかもしれないので油断はできない。汗臭いシャツとズボンを脱ぎ捨て、脱衣所の洗濯機に放り込み、とびきり熱いシャワーを頭から浴び全身を洗い立ててすっきりし、浴室から出た。頭をわしわしタオルで拭きながら、片手で携帯の諸々《もろもろ》の着歴を確認し、ぎょっとした。

担当からの着信が三十一件。

これは想定内だ。だが、

『妙花　二〇五件』

妙花から、ラインのメッセージがこんなに？

普段の妙花なら、あけるが返信するまで、次のメッセージをよこすことはしない。

胸がざわつくような嫌な予感がし、急いで内容を確認すると、不穏な言葉が並んでいた。


『あけるくん、原稿が終わったらお電話をください』

『どうしよう、あけるくん』

『わたし、おかしいの』

『あけるくんとはじめてデートしたときのことを、思い出せないの』

『告白したのは、わたしからだった？　あけるくんからだった？』

『あけるくん、原稿、まだ終わらない？』

『わたしの中から、あけるくんのことが、どんどん消えてゆく』

『ごめんなさい、お仕事の邪魔してごめんなさい』

『助けて、あけるくん』


スマホを持つ手が冷たくなってゆく。

妙花に電話をかけるが留守電になってしまう。何度もかけ直していると、繋がった。

「妙花！」

呼びかけると沈黙があり、妙花より少しだけ幼《おさな》い感じの声が、ためらうように言った。

「あけるさん……ですか？」

妙花ではない？　けど、俺のことを知っている？

「ああ、そうだ。きみは誰だ？」

「妹の奏実《かなみ》です……。お姉ちゃんは、入院しています」

◇

◇

◇

奏実から聞いた病院へ駆けつけると、パジャマを着た妙花がベッドから身を起こして、ぼんやりと宙に視線をただよわせていた。

「妙花、俺だ、あけるだ。わかるか？　妙花？」

呼びかけても、ぼんやりするばかりで返事はない。

あけるは奥歯を嚙みしめた。

「っっ……どうしてこんなことに」

病室には、大学生だという妹の奏実の他に、妙花に似た上品な容貌《ようぼう》の母親も付き添っていて、どちらも暗い顔をしていた。

「原因がわからないんです」

母親が目を伏せて言う。

「今朝から急にこうなってしまって。いくら話しかけても反応しないし、わたしたちの言っていることも理解していないみたいで……検査をしてもらったんですけれど、体に異常はないってお医者さまが……」

昨日の夜から明けがた近くまで、妙花はあけるにラインでメッセージを送り続けていた。そのときは少なくとも、あけるのことを認識していたはずだ。

なのに、なにがあった？

『わたしの中から、あけるくんのことが、どんどん消えてゆく』

『助けて、あけるくん』

必死に助けを求める妙花の大量のメッセージを思い出し、あけるはますます眉間に皺を寄せ、手をぐっと握りしめた。

恋人が窮地にあったとき、助けに行けなかった。もし、あのとき妙花のもとに駆けつけていたら、こんなことにはならなかったかもしれないのに。

悔《く》やんでも悔やみきれず、胸がギリギリとしめつけられる。

母親がこらえきれず泣き出し、ハンカチで目をぬぐう。

「妙花は結婚した相手に酷《ひど》い目にあって……とても苦労して……やっと離婚が成立して、最近は楽しそうにしていたのに。こんなことって」

その言葉に、あけるの胸が少し冷たくなった。

「妙花さんは結婚されていたんですか？」

そんなことは聞いていない。

妙花は大学を卒業したあと、美術館の学芸員としてずっと独身で働いていたのではなかったのか？

──わたし、男のひとおつきあいしたことが一度もなくて……。慣れてなくてごめんなさい。

はじめてあけるの部屋に泊まった夜も、目を伏せて恥ずかしそうにそう言っていた。動作もぎこちなく震えていたので、あけるは妙花を傷つけないよう、優しく丁寧に進めなければと、その最中も必死に自分に言い聞かせていた。

──あけるくんが、わたしのはじめてのひとで、とても嬉しい。

毛布を頭からかぶって、耳たぶをうっすらとピンク色に染めて微笑むのに、あけるは一生妙花を大切にしようと誓ったのだ。

それが、妙花が結婚していた?

母親の話によると、妙花は大学を卒業してすぐに、五歳年上の外資系の商社マンと結婚し、海外で生活していたという。相手の男性は高給取りのエリートで、妙花はなに不自由なく暮らしていると思われていたが、実は夫からひどいDVを受けていたことがあきらかになり、逃げるように実家に戻ってきたのだと。

夫は絶対に離婚はしないと言い張っていたが、妙花が夫を告訴することも一切せず、慰謝料も受け取らないという条件で、ようやく離婚が成立したのが半年前だったという。

あけるが妙花とつきあいはじめたころだ。

母親が話しているあいだ、妹は心配そうにあけるを見ていて、もしかしたらこの子は姉が婚姻歴を偽って、あけるとつきあっていたことを知っているのではないかと感じた。

あけるが怒っているのではないかと、気にしている様子に見える。

「じゃあ、学芸員の仕事をはじめたのも、ご実家に戻ってからだったんですね」

妙花はずっと美術館で働いていて、出会いがなかったと言っていた。

妹が哀しそうな表情を浮かべる隣で、母親は怪訝《けげん》そうな顔をした。

「いいえ。妙花はずっと家におりました。学芸員の資格は持っていて、美術館に就職が決まっていたのですけれど、前の旦那さんの海外赴任が急に決まって、それに同行するので就職できなかったんです」

それはおかしい。

母親の話を黙って聞きながら、あけるは頭の中でひどい違和感と闘っていた。

あけるは妙花の勤務先の美術館を、何度か訪れたことがあるし、そこで働いている妙花の姿も見ている。妙花は受付で入館者のチケットを確認していることもあれば、部屋の隅から観覧者が展示品にふれないよう見ていたりもしていた。

あけると目が合うと、恥ずかしそうに微笑んでくれて……。

なのに妙花は、働いていない？

ずっと家にいた？

なら、俺が美術館で見た彼女はなんだったんだ？

妙花に問いただしたかったが、あけるたちの会話が耳に入っているのかどうかも怪しく、ただベッドで身を起こし、ぼんやりと視線をさまよわせるばかりだった。

◇　◇　◇

「……妙花さんが、そんなことに」

病院を出たあと、あけるは南の店で遅い昼食をとった。いい加減眠らないとぶっ倒れそうだったが、頭の中がぐちゃぐちゃで、誰かに話を聞いてほしかったのだ。

イケメンで背も高く人懐こい南は、高校時代からモテた。妙花以外まともにつきあったことのないあけるよりも、女性に関しては経験豊富だ。

南が作ったカレー味のピラフとメンチカツを、カウンター席でがつがつ食らうあけるの横に、野菜のコンソメスープが入ったカップを置き、

「まぁ、女性は基本的に嘘をつくし、演技をするものっすけどね。にしても働いてないは

ずの美術館で働いてた、ってのはヘンですね」

と、考え込む顔つきになる。

「学芸員のふりをするにしても、カウンターでチケットをもぐのは無理そうですよね。客の監視や誘導は、ギリできるかもですけど……」

「そうなんだよなぁ。もしかしたら一日だけのバイトとかそんなのかと思って、母親に訊いてみたんだが、バイトもしてないっていうし」

「謎《なぞ》ですね。けどオレ、妙花さんが大学を卒業してすぐエリート商社マンと結婚したって話は、ちょっと聞いたことがあるんです」

「なに、そうなのか！」

初耳だったので、目をむいてしまった。そうすると睨んでいるように見えたらしく、南は肩をすくめて謝った。

「すみません。あけ先輩、妙花さんとつきあえて、もう幸せ全開、デレまくりって感じだったんで、言い出しにくくて。それに話してたやつの勘違いかもしれないし」

「…………」

「やっぱりショックですよね、妙花さんがバツイチだったこと」

南が気遣う。

「まぁ……確かに驚いたさ。けど今は、妙花があんなふうになっちまったことのほうが心配だ。それにバツイチだって聞いてても、俺は妙花とつきあったと思うし」

なにしろ十年越しの恋なのだから。

バレーと小説の投稿に明け暮れていた高校時代。一学年下のしとやかな美少女に一目惚《ひとめぼ》れして、いつも彼女を目で追っていた。

朝早めに登校して、彼女の教室の前をそわそわと歩いて、彼女が来ないかと待っていたり、図書館へ行く彼女のあとをついていって、彼女の後ろのテーブルに背中合わせに座ってドキドキしたり。

我ながら赤面もののことをしていた。これは南にも誰にも、絶対に言えない。

それほど好きで永遠に片想いするしかないはずだった相手と、卒業してから何年も経ったあとに奇跡的に再会して、つきあうことになったのだ。

相手がバツイチだから、どうだというのだ。妙花にDVをしたという旦那を、逆にぶん殴ってやりたいくらいだ。

「あけ先輩、そこまで妙花さんに惚れてるんだ。妙花さんは、あけ先輩がつきあっていた歴代彼女さんたちと正反対だから、最初は意外だったんですけど」

「おい待て、歴代彼女ってなんだ?」

俺は妙花としかつきあったことはないぞ、と言おうとしたら、南のほうが不思議そうに答えた。

「朝谷《あさたに》さんと、千早《ちはや》さんのことですけど」

「あさたに？　ちはや？　誰だそれ」

あけるは本気で尋ねたのだが、南は目を丸くし、あきれている顔になった。

「誰って、あけ先輩の元カノさんたちでしょう。朝谷さんは女《じょ》バレのキャプテンで、千早さんは大学の先輩っすよね」

「そう……だったか？」

どうなっているんだ。さっぱり覚えていない。

いくらなんでもつきあっていた彼女のことを忘れるなんて、ありえないのではないか？

「どっちも竹を真っ二つに割ったようなさばさばした性格で、男よりも男前で、あけ先輩とも彼氏彼女ってよりも、彼氏彼氏で男同士のつきあいみたいに見えたから、あけ先輩らしいなって思ってたんです。別れるときも、えらくあっさりでしたよね」

「…………」

やっぱり思い出せない。

「ああいう自分の意見をしっかり持った自立したひとが、あけ先輩のタイプだと思ってたんで、妙花さんとつきあってるって聞いて、好みが変わったんだなって。妙花さんは控え目で相手に合わせるタイプで、どう見ても守ってあげたい系だし」

「……いや、そう見えるけど、違うだろう」

「え」

南の語る、非常に男前だったという元カノたちのことは思い出せない。

けど、妙花のことなら覚えている。

まるで動画の再生をするように、あけるの目の裏に妙花に一目惚れしたときのことが、あざやかによみがえる。

あけるは妙花の、しとやかそのものの容姿に一目惚れしたわけではなかった。

むしろ、その容姿とのギャップに、心臓を射貫《いぬ》かれたのだ。

「ほら、妙花の部活の後輩がクラスの悪い連中にいじめられてたとき、周りは見て見ぬふりをしていたのに、妙花がいきなり廊下でそいつらに蹴りをかまして、いじめなんてみっともないことはやめなさい、って説教したんだよな。そのあと、いじめられてたほうにも、あなたも黙っていじめられてないで、やり返しなさい！　って」

――わたしが加勢するから、これからは立ち向かいなさい！

外見はしとやかな美人なのに、他人のために立ち向かう正義感と、相手が誰でも自分の考えを堂々と主張する強さを持っている。

なんて格好いい女なんだろう。

心臓が痛いほど高鳴って、妙花がきらきら輝いて見えた。

あの日が、十年間の片想いのはじまりだった。あけるにとって忘れられない思い出だ。

ところが南は、さらに怪訝そうにあけるをまじまじと見た。

そして、不気味そうに言ったのだった。

「あけ先輩、なに言ってんですか。それ、あけ先輩の武勇伝ですよね。バレー部の松村がいじめられてて、廊下でいじめっこに蹴りを入れて啖呵切ったやつ。なんで妙花さんの話になってんですか？」

◇　◇　◇

——あの、もしかしたら白石妙花さん、ですよね。俺も蔵高で、白石さんのいっこ上だったんです。あ、白石さんは美人で有名だったんで。俺も実はその、憧れてて。すみません、白石さんは俺のことなんて知りませんよね。

——えっと……バレー部の。

——そうです！　バレー部でリベロをやってました！　うぉっ、白石さんが俺のこと知ってたなんて、感激だ。

妙花に再会したのは半年前。

あけるの小説の表紙を描いてくれたイラストレーターが、他のクリエイターたちと合同で展覧会を開き、それを見に行ったときだ。

自分の小説の表紙が壁に飾られていて、それを見ているのが十年越しの片想いの相手だとわかり、心臓が止まりそうになった。

なんで彼女がここに？　しかも俺の小説の絵を見ている！

声をかけようかどうか、たっぷり迷って。

これはきっと神さまがくれた奇跡なのだと、覚悟を決めて妙花に話しかけたのだった。

妙花はあけるのことを知っていて、それを聞いたときは天にも昇る心地がした。

妙花から美術館で学芸員をしていると聞いて、そこへ足を運び、妙花があけるに気づいて恥ずかしそうに微笑んでくれたときも、同じ気持ちだった。

思いきって食事に誘ったら承知してくれて、帰り道に、十年間ずっと好きでした、もし今、白石さんに相手がいなかったら、俺とつきあってくださいと告白して。

――はい。わたしでよければ。

真っ赤な顔でうつむいて答えてくれたときも、ただもう嬉しくて。やった！　と飛び上がって叫んでしまった。

それが、妙花は美術館で働いておらず、あけるは妙花以外の女性とも交際経験があっただなんて。

帰宅してベッドに倒れ込むようにして眠り続けた翌日。あけるは妙花が入院している病院へ、妙花が好きだった店のチーズケーキを買ってお見舞いに行った。

妙花はいつ、あけるたちのことを思い出すのだろう？　突然記憶喪失になることなんて、あるのだろうか？　原因があったとしたら、なんなのだろう？

ラインのメッセージで、妙花は自分の中からあけるの記憶が失われてゆくことを恐れて、助けを求めていた。事故などで突発的に記憶をなくしたのではなく、それは妙花の中からゆるやかに流れ出ていったのだろうか。

いったいどうして？

若年性アルツハイマーという病気もあるが、医者は異常はないと言っている。

なら、他にどんな理由が……。

堂々巡りを続けるうちに、病院に辿り着いた。

妙花の病室に行くと先客がいるようで、面会者名簿に妙花の病室の番号と、名前が書いてあった。

『現野一夜』

げんの？　と読むのだろうか？　珍しい苗字だ。まるで芸名みたいだな。

ドアは開放されており、廊下から中をのぞくとベッドを囲むカーテンも開いていて、妙花は昨日と同じようにベッドの背にもたれ、ぼんやりしている。見舞客らしい青年がその脇《わき》に立っているのが見えた。

現野って、こいつか？

あけるが思わず息をのんだのは、青年の異質すぎる容貌のせいだった。髪は夜のような漆黒で、肌は雪のように白い。身につけているものも白と黒のモノトーンで統一されていて、女性のようにほっそりした体つきをしている。多分カラーコンタクトだろうが、右の目が金色で、左の目が銀色だ。

年齢はあけるより年下で、二十歳をすぎたくらいだろうか？　少年の面影が残っている。まるで虚構の世界から抜け出てきたような美形で、無表情に彼女を見おろしている。

その青年が、しなやかな腕を彼女のほうへ伸ばし、青白い頬に両手でふれ、彼女の瞳をのぞきこむように顔を近づけていった。

「おい、よせ」

あけるが中に入って片側の腕をつかみあげると、冷風が吹きつけてきそうなひんやりした顔で振り向いた。

近くで見ると、ますます人間離れした美貌で、あけるは背筋がぞくりとした。

「彼女になにをしようとしていたんだ」

凄《すご》みながら問いつめると、青年は顔と同様にどこまでもひえびえとした口調で答えた。

「……あとどれくらい持ちそうか、確かめていただけだ」

「なんだと」

「もう、ほとんど『記憶』が残っていない。抜け殻だ。この状態になったら遠からず生命活動も止まるだろう」

妙花になにをしていたのかと警戒しムッとしていたあけるだが、表情をまったく変えずに淡々と語り続ける青年が、薄気味悪くなってきた。

逃げることもなさそうなので、つかんでいた腕をはなし、尋ねる。

「なにを言ってるんだ。おまえはいったい彼女とどういう関係なんだ？」

年齢的に見て、妙花の別れた旦那の可能性はないだろうが……。

「白石妙花はオレの客……だった」

「客？　おまえ、ホストか？」

ホストならこの見た目もありだろう。妙花がそんなところに出入りするようには思えなかったが、あけるが彼女について知らないことがたくさんあったことを、昨日思い知らされたばかりだ。

妙花はホストクラブに客として通っていたのか？

けれど青年は表情を変えず、

「違う」

淡々と否定し、あけるに名刺を出してきた。

「オレはこういうものだ」

『記憶の買取・販売いたします
ご連絡お問い合わせはこちらへ
××××@×××

記憶書店　うたかた堂』

名刺を見て、素性があきらかになるどころか、ますます正体不明の怪しい人物になってしまった。

記憶の買取？　販売？

どうやったら、そんなことができるんだ。

しかし青年は真顔で、

「白石妙花は、離婚した夫から受けたＤＶの記憶に悩まされていて、最初はそれを取り除いてほしいという依頼だった。が、途中から、おまえに自分の『記憶』を移植することを望むようになり、その報酬として、他の記憶をオレに売り続けた。その結果がこれだ。記憶は日々蓄積されてゆくものだが、それが追いつかないほど放出し続ければ、こうなることは目に見えていた。事前にリスクの説明もしたのに、聞かなかった。自業自得だ」

と聞き捨てならないことを言う。

「妙花が俺に、自分の記憶を移植した？　そんなことできるはずないだろう。俺はそんな覚えまったくないし、おまえとだって今はじめて会ったんだからな」

そうだ、ありえないと睨みをきかせながら、つきあっていた元カノたちを忘れていることや、あける自身のエピソードが妙花のものにすり替わっていることなど、昨日からもやもやしている奇妙な事象が頭をかすめる。

もし、ひとの『記憶』を売り買いできたら。

あるひとの『記憶』を、別のひとの『記憶』として入れ替えることが可能なら、働いていないはずの妙花が美術館にいたことも説明できる。

あけるのそうした気持ちを見透かしたように、青年が断言する。

「できる。入れ替えも、変革も、消失も」

青白い顔でぼんやりと視線をただよわせる妙花のかたわらで、闇と氷から生まれたような青年が、金色と銀色の瞳であけるを見つめている。

「記憶の入れ替えはリスクをともなうし、相性もある。疑い深い人間などは拒否反応を起こす場合もあるが、入れ替えをしていると気づかせないように交換してやれば、大概は元からある記憶に上書きされ、混じり合う」

「混じり合う……だと」

「たとえば、白石妙花が美術館へ行き受付でチケットを渡し、館内で係員に話しかけた記憶と鏡に映る彼女の姿をまとめて、おまえの『記憶』として移植した場合……。彼女が美術館に勤務しているという情報と結びついて、おまえの脳内で編集され、あたかも白石妙花が受付に立っていたかのような記憶に成り代わる。多少の違和感はあるだろうが、『記憶』というのはもともと曖昧なもので、ひとはいちいち自分の記憶を疑ったりはしないものだ」

冷たい汗が、あけるの背中を流れてゆく。

自分は確かに、美術館で働く妙花を見たと思っていた。だが、本当にあれは妙花だったのか？　思い返そうとすると妙花の顔が薄れ、チケットを切る受付の女性の細い指先ばかりが浮かぶ。

あの指は、別の女性のものだったのか？　あけるが妙花の手だと自己変換していただけで。なら、高校時代、あけるが彼女に一目惚れしたあの事件も？

あけるが元カノたちのことを覚えていないのも全部、目の前の青年が妙花の記憶をあけるに上書きした結果だというのか？　その代償として、妙花は抜け殻になってしまったと。

何故、妙花はそんなことをしたんだ！　そんな危険なことを！

頭の中が、ぐちゃぐちゃで整理がつかない。何故？　という疑問と、今の話は本当なのか？　そんなことがありえるのかという気持ちがせめぎ合い、ひややかな表情を浮かべている青年への怒りに、胸が焼けただれそうだ。

「つっ、おまえ、俺の彼女をこんなふうにして、なんでそんなしれっとした顔をしてやがる！」

思わず襟元をつかみあげ、叫んでいた。

「妙花を戻せ！　おまえがやったんなら、できるだろう！」

あけるのほうが背が低いので、見上げる格好になっている。息がかかるほど間近で、青年は、変わらずひえびえとした表情で答えた。

「……それは無理だ。すでに彼女の記憶の残量は、五パーセントを切っている。通常は十パーセントを切れば日常生活を営むことも困難になり、三パーセントを切れば、脳死に至る」

「ふざけるな！　手はないっていうのか！」

「ないことは……ない」

「あるんだな！」

「だが、現実的ではない」

「もったいぶらずに、さっさと言え！」

襟元をつかむ指に力を込め、嚙みつかんばかりに言うと、青年はかすかに眉根を寄せ、煩わしそうな口調で言った。

「彼女の代わりに、記憶を差し出すものが必要だ」

「記憶……を？」

「その記憶を彼女に移し替えれば抜け殻ではなくなる、が、一度にそんなに大量の記憶を移せば、ほころびが出る。彼女が元の人格に戻るという保証はできない。それに、今度はとられたほうが空っぽになる」

「おまえは記憶を売っているんだろ？　なら一人じゃなく数人の記憶を妙花に移せばいいじゃないか」

「多人数の記憶を繋ぎ合わせて移植するのは、さらにリスクが高い。移植後に人格の分裂を引き起こす。移植は一度に一人の記憶のみ。鉄則だ」

「……っ」

それは妙花のために命を差し出す人間を見つけるようなものだ！　しかも記憶を移植しても妙花が元に戻る確証もない。

妙花は、あけるがこれほど声を張り上げているのに、無反応で宙を見ている。半開きの唇や、だらりと下がった手が痛々しく、あけるは歯を食いしばった。

「悩むことはない。彼女がこのまま生命を終えれば、そのときは哀しみに沈んでも、いずれ記憶を切り取らずとも、思い出さなくなる。……記憶とは、そういうものだ」

悲しみも絶望も、時が経てば薄れてゆき、やがて忘れてしまうというのか？

「ばかやろう！　そんなふうに割り切れるかっ！」

青年のさめた口調に頭の中がカァァッと熱くなり、襟元をつかむ手を、ぐっと持ち上げた。もともとこいつが、妙花から記憶を抜き取ったから。

「なんで、妙花がこんなになるまで記憶をとったんだ！　旦那のＤＶの記憶だけ抜いてやれば良かったんじゃねぇのか！　妙花の記憶を俺に勝手に移植するとか、犯罪だろ！　客が廃人になるまで商売を続けるなんて、おまえに良心はねぇのか！」

怒りで頭が沸騰する。目の前の青年が憎くてしかたがない。

けれど、相手はあけるの言葉に心を動かされた様子はまったくなく、淡々と唇を動かした。

「……記憶の売買がオレの生業《なりわい》だ。客が対価を払うかぎり、オレはオレの仕事を続けるだけだ。リスクの説明はしている。客の愚かさにまで責任は持てないし、オレを裁く法律もこの世に存在しない」

良心の呵責《かしゃく》も他人への憐憫《れんびん》も、彼にはないのだ。

ひととしてあるべき感情が、そっくり抜け落ちている。

あけるは彼を殴るこぶしを止められなかった。右の頬にあたったこぶしが、がつっと音を立て、痛みが骨をきしませ、皮膚をひりつかせる。青年の華奢な身体が後ろにそり、あけるは仁王立《におうだ》ちしたまま肩で息をし、燃えるように熱い目で睨みつけた。

「法律で裁けないから、なにをやってもいいってのかっ！　んなわけねぇだろっ！　ざけんなぁっ！」

青年はあけるに殴られた頬を片手で押さえ……さめた眼差しのまま、こちらを見返していたが、

「……野蛮な男だな」

とつぶやき、足音も立てずに病室から出てゆく。騒ぎに気づいた看護師たちが病室へ様子を見に来たが、彼女たちが怯えるほど険しい顔で、あけるは青年が落としていった名刺を睨んでいた。

◇　◇　◇

マンションに帰宅すると、担当からメールが来ていた。昨日送った原稿のゲラが添付されている。

本日中に必ずお返しください！　と強い口調で書かれていて、ファイルを開いて直接画面上で著者修正を入れながら、頭の中でずっと、病室であったことを考えている。

あいつを殴ったって妙花が元に戻るわけじゃねーのに。記憶の売買なんて言われても、

どうしたらいいのかわからねぇ。俺は妙花のために、なにもできないのか？

妙花は、あたるが十年間も片想いしていた相手なのに。

いや、それは、本当のことだったのか？

妙花を好きになったきっかけも、偽りの記憶だった。

美術館へ妙花に会いに行って、ほんの少しの笑顔に胸をときめかせたあの記憶も。

ならば高校生のころから妙花が好きだったというのも、そういう記憶を移植されて思い込んでいただけなのでは。

そもそも何故妙花は、俺にそんな記憶を移植したんだ？

高校時代、あけるは妙花と接点はなかった。

言葉を交わしたことすらなかったはずだ。それとも、またあけるが忘れているだけで、自分と彼女のあいだには、なにか関わりがあったのか？

「くそっ……こんなに好きで好きで胸が焼けつきそうなのに、この気持ちが全部嘘だっていうのかよ」

歯を食いしばるようにしてつぶやいたとき。

机に置いた携帯が鳴った。

担当かと思って表示を見て、あけるは心臓がぎゅっと縮んだ。

着信の相手は妙花だった。記憶が戻ったのか！

慌てて電話に出ると、

「すみません……白石妙花の妹です」

妙花より幾分幼い声が聞こえた。

あけるの体から力が抜ける。

妙花の携帯から、妹が履歴を見てかけてきただけだった。

「どうしたんだ、奏実ちゃん。まさか妙花の容態が悪化したんじゃ」

また胸が冷えたが、

「それは大丈夫……です。あの、あけるさんにお姉ちゃんのことで、お話があって……。いきなり電話してすみません。今、大丈夫ですか？」

奏実がおずおずと尋ねる。

ゲラのチェックをしなければならなかったが「ああ、問題ない」と答え、携帯をスピーカーに切り替え机に置いた。

「お姉ちゃんがあけるさんに、結婚していたのを黙っていたこと……ごめんなさい。お姉ちゃんはあけるさんを騙そうとしていたんでは……ないんです」

やはり妹は、姉があけるに婚姻歴を隠していたことを知っていたらしい。妙花が話したのだろうか。

「きっとお姉ちゃんは、あけるさんの前では、あけるさんのことをずっと想《おも》い続けていた自分でいたかったんだと思います」
「……それは、どういう」
「お姉ちゃんは、高校生のころからあけるさんのことが好きだったんです。もう十年も片想いしていたって聞いてます」

十年越しの恋なのだから。

それはあけるではなく、妙花のほうがあけるを？
「俺は妙花と高校は同じだけど、学年も違うし、話したこともなかったはずだ」
「あけるさんが、いじめられていたバレー部の後輩を助けるのを見たそうです。廊下でいじめていたほうに蹴りを入れて、『いじめなんて、みっともないことはやめろ』って廊下中に響き渡る声で叫んで、いじめられていた子にも、次からやり返せ、自分が加勢するからって言ってて、とっても素敵だと思ったって」

——俺が加勢するから、これからは立ち向かえ！

「でも、あけるさんにはそのころ、同学年の女子バレー部の彼女がいたから、お姉ちゃんはあけるさんを好きになっても、言えなかったそうです。朝早くから、あけるさんのクラスの前をゆっくり歩きながら、あけるさんが来るのを待っていて、姿を見るのが精一杯だったって……」

毎朝早めに登校して、彼女の教室の前をそわそわと歩いて、彼女が来ないかと待っていたり。

「図書館であけるさんの後ろのテーブルに、背中合わせで座ったときも、心臓が飛び出しそうだったって」

図書館へ行く彼女のあとをついていって、彼女の後ろのテーブルに背中合わせに座ってドキドキしたり。

あれは全部、妙花の『記憶』だったのか。

あんなにあまい。

あんなに切ない。

あんなにまぶしい。

妙花がそんなふうに自分を想ってくれていたことを、あけるは知らなかった！

「あけるさんの小説も、姉は全部読んでいました。それで、あけるさんの表紙の絵が展示されている合同展へ行ったんです。そこで、あけるさんに会えたって、すごく喜んでいました。あけるさんは姉のことを知っていたって」

——あの、作家の犬飼あけるさん、ですよね。わたしも蔵高で、犬飼さんのひとつ下だったんです。犬飼さんは有名だったので。すみません、犬飼さんはわたしのことなんて知りませんよね。

——ああ、蔵高三大美少女の白石さんだろ。俺の場合は悪名だけど、白石さんは男子生徒の憧れだったよな。

——そんなことは。でも、犬飼さんがわたしのこと、ご存じでいてくれたなんて嬉しいです。

妙花に再会して、名前を知っていてくれて、奇跡が起きたように嬉しかったこと。

あれも、妙花が感じた喜びで、希望で、ときめきだった。

「あのころのお姉ちゃんは、前の旦那さんに暴力を振るわれて離婚して、それを引きずって毎日暗い顔で部屋に引きこもっていました。あたしに『犬飼さんのことだけずっと好きでいたら、片想いでも幸せなままだったんじゃないかしら』って、言っていました。だから、あけるさんに再会したときお姉ちゃんは、『あけるさんへの想いを貫いて独身のままでいた自分』で、やり直そうとしたんです。あけるさん一人だけをずっと想い続けて、再会して結ばれたと思いたかったんです」

何故、妙花が美術館で学芸員をしていることにしたかったのか。

それは、結婚せずに美術館で独身のまま働いて、あけるを想い続けていれば良かったと後悔していたから。

なので、あけると再会したとき、すべてをやり直そうとした。

記憶の売買をする冷たい顔をした青年に、最初は夫に受けたＤＶの記憶だけをのぞいてもらった。それから、自分が結婚して離婚したという記憶も。

多分、妙花は気持ちが軽くなったのだろう。

こんなに晴れ晴れした気持ちになれるのならと、さらに無表情な売買人に依頼を続けた。

もし、自分の中にある恋心を、あけるに移植し上書きすることができたらと。

そうしたら、あけるも同じ気持ちで自分を好きになってくれるのではないかと。

あの、ひととしての感情が抜け落ちた綺麗な売買人は、淡々と依頼を受けたのだろう。

いつ、どんな方法で記憶の書き換えが行われたのか、あけるは知らない。

もしかしたらその記憶も、なんらかの方法で抜かれたのかもしれない。

が、妙花から移植された恋心は、あける自身のものとして定着し、あけるは十年間片想いをしていた相手に再会したことに浮かれていた。

どこまでがあけるの記憶で、どこからが妙花の記憶なのか、あけるにもわからない。

けど、あまりにも記憶の上書きがうまくいったので、妙花はきっとやめられなくなったのだ。そうして自分の記憶を代償にして、あけるに妙花自身の恋心を上書きし続け、過去を改変し続けた。

今度こそ、あけると結ばれるために。

十年越しの片想いを叶えるために。

自分の記憶が日に日に失われ、あけるの存在さえも頭の中から消えてゆく恐怖に妙花が混乱し、あけるにラインで助けを求めてきたのは、そのあとだったのだ。

「お姉ちゃんは身勝手です。あけるさんにたくさん嘘をついて、そんなやりかたで彼女になるなんて、狡《ずる》いし卑怯《ひきょう》です」

奏実が強い口調で姉を非難したあと、洟《はな》をすすり、うるんだ声で続けた。

「でも、お姉ちゃんがあけるさんのことを、本当に好きで、あけるさんとおつきあいをしてから毎日とても楽しそうだったことだけは知ってほしくて……」

奏実の声がうるんでいて、ぶっきらぼうなのは、泣きそうなのを我慢しているからかもしれない。傷ついて家に戻ってきた姉をずっとそばで見ていて、その姉がようやく明るくなって、幸せをつかもうとしていて——それが突然廃人のようになってしまい、どうしていいのかわからないのだろう。

「教えてくれてありがとう。俺もお姉さんとつきあえて、とても楽しかったし、すげー幸せだった」

「……お姉ちゃんは、もう、ずっとあのままなんでしょうか」

「いいや、きっとよくなるさ。絶対だ」

「……はい。ありがとうございます」

最後はしゃくりあげながら、奏実が通話を切った。

話しているあいだずっと画面を睨んでいたあけるは、チェックを終えたゲラをメールに添付し、担当に送り終え、

「さて」

と、つぶやき、名刺を取り出した。

それはあの冷酷な売買人が残していったもので、そこに記載されたアドレスをパソコンに打ち込んでいった。

◇　◇　◇

翌日の夜。あけるがいつものようにノートパソコンを持って南の店へ行くと、ひんやりした眼差しの美青年が、カウンターでカルーアミルクを飲んでいた。

右目の下に紫の痣《あざ》ができている。色が白いので目立つ。

「あけ先輩のこと、ずっと待ってたんですよ。何者ですか？　えらい美形だけど、ミュージシャンとかデザイナーとか？」

南が耳打ちしてくる。

「いや、記憶の売買人だとさ」

「へ？　記憶」

「南、悪いが店閉めてくれるか。でもって俺になんかあったら病院に連れていって、家族に連絡してくれ」

「って、なにする気ですか、あけ先輩！　暴力沙汰《ざた》はやめてくださいよ。血の気多いんだから。てか、あの痣もひょっとして」

「バカ、高校生のガキじゃあるめーし、しねーよ。あいつの痣は……まぁ……あれだ、必然の事故ってやつだ。てか、なにが起こるのか俺にもわかんねーからおまえは保険だ。とにかく店閉めてくれ、頼む」

「店の中のもの壊したら弁償してもらいますよ。それと呼ぶのはパトカーじゃなくて、救急車だけにしといてくださいね」

南が閉店の札を下げに、外へ出てゆく。

「だってさ、お手柔らかに頼むぜ」

カウンターの青年に語りかけるが、相変わらずの無表情だ。

あけるは手を伸ばし青年の右の頰にふれた。それでもひんやりとした顔のまま見返してくる。

「これ、痣になっちまってすまなかったな。てか殴ると痣ができるなんて、まともすぎて安心した。あと、遅刻したのも悪かった。約束の時間より早くに来て待っているタイプとは知らなかったんで」

「………」

この売買人に、ひととしての良心はない。信用して良いものか、今も迷いはある。

だが自分の仕事に対しては律儀で真面目であるようで、ふれている頬が意外なほどあたたかなことにも、少し安堵《あんど》した。どのみちこいつが本物の悪魔でも、信じるしかねぇ。

手をはなすと、青年はあけるを見上げたまま抑揚の乏《とぼ》しい声で尋ねた。

「……メールに書いていたことは、本気なのか」

「ああ、俺の記憶を妙花にやってくれ」

「白石妙花を回復させるには、多少の記憶では足りない。おまえが抜け殻になるぞ」

「それは聞いた。でもま、俺は他人より、なんでも多く覚えているたちだから、なんとかなるだろ」

「…………」

「できないとか言わないよな」

「できないことはない」

青年がかすかに眉根を寄せ、口の端を下に曲げる。

お、無表情が崩れたぞ。

あけるはこんなときなのに、胸が躍った。

そういう顔していると血のかよった人間らしく見えるぜ。

「だが、一度にそれだけ大量の記憶を移せば、補正が追いつかないかもしれない。拒否反応を起こして定着がうまくいかないか、最悪の場合、彼女の中身がおまえに入れ替わる事態も起こりうる」

「外見が妙花で中身が俺とか、そりゃ喜劇だぜ。けど成功例もあるんだろ」

「……ないわけでは、ない。が、少なくともオレは経験したことがないし、都市伝説かもしれない」

「おいおい、真顔で都市伝説とか言うか。自分が都市伝説のくせして」

青年がまた口を、むっと下に曲げる。

「さらに最悪の場合——おまえも彼女も死ぬぞ」

それが脅しや冗談ではないとわかって、さすがにドキリとしたし、背中に汗がにじんだ。


死ぬ……か。


離れて暮らしている両親と弟たちのことや、連載中の仕事のことが頭をよぎったが——

息をすっと吐き、ニヤリとして言ってやった。

「失敗しても訴えたりしないから安心しろ。おまえを裁ける法律もないしな。そら、はじめるぞ」

戻ってきた南が、あけるが不敵に笑っているのを見て、おっ、という顔をする。

あけるはいつも仕事をしている壁際のソファー席に座り、自宅から持参したノートパソコンを開いた。

青年がテーブルの前に立ち、右の手のひらを上に向けて、胸のあたりまですっとさしあげる。

その手に淡々《あわあわ》とした光が浮かび、一冊の本が出現する。

「うぇ？　手品？」

南が目を丸くし、つぶやいた。

あけるももちろん驚いていたのだが、何故だか笑ってしまった。

くそっ、わくわくするじゃねぇか。

青年は手をふれていないのに、本のページがぱらぱらとめくれはじめる。どのページもまばゆいほどに白く、なにも書かれていない。薄い唇からこぼれるひんやりした声が、店の中を流れてゆく。

「記憶とは、魂という名の書物に記された個々人の物語だ」

「人はそれをめくることで、物語を読み返すように己の記憶を自由にさかのぼることができる」

あけるの頭の中にもぱらぱらという音がし、それが少しずつ大きくなってゆく。
耳がむずむずするのを感じながら、あけるは高速でキーを連打した。
ノートパソコンのディスプレイに、文字が綴られてゆく。
それは、白石妙花という健気でしとやかな女性の物語だ。
「書かれていた文字が消えてしまえば、そこにあるのはただの空白のページ——記憶の欠如、あるいは忘却だ」
あけるがこの半年間、恋人として過ごしてきた妙花のイメージを、頭の中に強く、強く、思い浮かべる。
妙花の仕草、
妙花の微笑み、
妙花の口調、
恥ずかしいときに頰を染めてうつむく癖《くせ》、
嬉しいときに小さく溜息をついて、口元をほころばせること、
妙花が語る家族のこと、

父親、母親、妹、
家族に愛されて、妙花がとても健《すこ》やかに優しく成長していったこと、
妙花から聞いた幼少時代の思い出、
五歳のとき、はじめて見た海が素敵だったこと、
今でもそこで拾った貝殻を宝物にしていること、
小学生のときピアノの発表会で失敗してしまって、恥ずかしくて楽屋の隅で泣いていたら、お母さんとお父さんが来て、慰めてくれたこと、
帰りにフルーツパーラーで食べたプリンが、とても甘くて美味しかったこと。

「空白にあらたなエピソードを書き込めば、別の物語が生まれる。記憶の再構成、あるいは――変革」


息をするのも忘れるほど、ひたすら想像し、構築し、指を動かし続ける。

ぱらぱらとめくれてゆく白いページが文字で埋まってゆく。

あけるが見つめるノートパソコンの画面も、びっしりと文字で埋めつくされてゆく。

頭の中でページがめくれるたびに、あけるの頭の中を文字が駆け巡り、それが耳を通って流れ出てゆく感覚がする。

叩いて、叩いて、叩き続ける。
妙花の眼差し、
すぐに染まる内気な頰、
喫茶店ではいつもミルクティーを飲んでいた、
果物では一番さくらんぼが好きだと言っていた、
お酒を飲むと頭が痛くなってしまうので、ひと口ずつ時間をかけて一杯だけ飲むのだと、
高校では茶道部だった、
和菓子を食べたくて入ったのだと、
最初は正座で足が痺《しび》れてしまって大変だったと、
二つ上に優羽子《ゆうこ》さんという素敵な先輩がいて、憧れていたのだと。

妙花は、俺にいろんな話をしてくれたんだな。

どの妙花も愛しくて、可愛くて、
どの妙花にも胸がときめいて、いつも思いきりふれたくてたまらなかった、
愛しくて、恋しくて、

愛していて、恋していて、
あんなにひとを好きになったことはない！

それは妙花があけるを想う気持ちで、あけるの本当の気持ちではなかったかもしれない。

お姉ちゃんは卑怯で狡い、身勝手だと、妹の奏実は強い口調で、非難していた。

そうだな……。人の気持ちを勝手に作り変えて、自分のほうへ向けさせるなんて、許されることじゃない。

妙花は道を誤った。

でも今、あけるの中で甘くはじけるこの気持ちを、たまらなく愛しく思う。

大事に思う。

だから、俺は許すよ。

きっとこの気持ちには、妙花から上書きされた以上のものがあったはずだ。

すべてが嘘のはずはない。

妙花のことを想えば、こんなに胸が躍り、指がキーボードの上を走る。

頭の中に、あけるの知る妙花を、
あけるの想う妙花を、
あけるが願う妙花を、
無限に思い浮かべることができる。

めくられてゆくページ、綴られてゆく文字、流れてゆく想い、湧き上がる記憶、止まらない指。

――ああ、なんだ……その、つ、つきあってるんだ。

はじめて店に連れてきた日、あけるが南に妙花とつきあっていると伝えたとき、あけるのジャケットの袖を、きゅっと握ってきて。嬉しそうに、本当に嬉しそうに笑って、赤く染まった顔を伏せた。
あのとき感じた体中に染み渡るような愛おしさは、間違いなくあける自身のものだ。
そんな記憶も、本のページがめくられる音と一緒に意識の外へ流れてゆく。遠ざかり、消えてゆく。

ああ、くそっ。

こいつは覚えておきたかったな。

胸が震えるほどに、ただひとりの相手を愛しいと感じたことを、心の真ん中にずっととどめておいたなら——それはきっと心を照らす明かりのようにあたたかくきらめいていただろうに。

全部、忘れちまうんだな。

しかたないか、ちくしょう。

キーを叩く速度はいまだ衰えない。永遠に連打し続けられると思うほどの万能感に、気持ちは高揚している。

けれど頭の中がしだいに白くかすんでいって、

……なんかヤバいかも。

パタン、と本を閉じる音が聞こえたのは、あけるの頭の中でだったのか？　それとも記憶の売り買いを生業《なりわい》とする青年の手のひらでだったのか。

「……死んだか」

そんなつぶやきが聞こえて、

「あけ先輩！」

南の焦っている声が重なり、あけるの意識は途絶えた。


ああ、忘れたくねぇなぁ……。

◇

◇

◇

妙花が目を覚ますと、妹の奏実が目をうるませて、こちらを見ていた。

「お姉ちゃん……っ」

「奏ちゃん？　わたし、眠っていたのね。ここ……病院？　どうしてわたし、病院にいるの？」

　奏実が妙花に抱きついてきて、泣きじゃくる。

　妙花は記憶を失って、入院していたという。昨日から一日中眠り続けて目を覚まさないので、とても心配したのだと、駆けつけた両親にも言われた。

「わたし、記憶喪失だったの？」

　何故そんなことになったのか、自分でも思い出せなかった。

　言われてみれば、ところどころ抜け落ちている記憶があって、でもそれは子供のころのクラスメイトの名前を思い出せないようなもので、あまり問題はなさそうだった。

　妙花が大学を卒業してすぐ結婚し、離婚して実家に出戻り中だと聞かされたときには、

「え、そんなことが？　じゃあわたしバツイチなの？」

　と驚いたが、離婚した夫のことをまったく覚えていないのは、きっと忘れたかったのだろうから、それで良かった思うことにした。

　頭の中は、とてもすっきりしている。

　なんだか強くて前向きなひとになったような気持ちで、そうだ、退院したらまた学芸員を目指そうと思った。

　正職員として就職できなくても、バイトでもいいから博物館や美術館で働きたい。

「わたし、おかしいのかな。なんだかわくわくするの」

そう言うと、家族はあきれた表情をし、それからみんな泣き笑いした。

退院の日は、妙花の誕生日だった。

奏実が迎えに来てくれて、両親は家で妙花の誕生日を祝う準備をしているという。

「お姉ちゃん、これ。プレゼント」

「え、奏ちゃんから？　ありがとう」

包みを開けると、ふわふわした薄紫のファーで作られたチャームが出てきた。ホルダーの部分は金色だ。

「可愛い」

チャームをかざして、ふふっと笑う。

「嬉しい、奏ちゃん。バッグにつけるね」

奏実の服の袖をきゅっとつかんで見上げたとき、何故だか胸があまいような切ないような気持ちでいっぱいになって、

「………」

「お姉ちゃん？　また具合悪いの？」

心配そうに尋ねてくる妹に、にっこり笑ってみせた。

「ううん、大丈夫。行こうか」

病院の廊下を、バッグにさげたふわふわのチャームを揺らしながら、軽い足取りで歩いてゆく。

家に戻ったら、美術館の求人を探そう。

ミュージアムショップや、館内のカフェも素敵だ。

疎遠になっていた友達にも連絡をしてみよう。

読みたかった本をたくさん読んで、動きやすい服と歩きやすい靴を買おう。

たくさん計画を立てながら——、妙花が軽やかに進む白い廊下の壁際に、男の人が一人で立っている。

小柄で男らしい顔立ちで。お見舞いに来たひとだろうか。どこか切なげな、優しい目をしていた。

◇　◇　◇

仲の良い姉妹が目の前を通りすぎてゆくのを、あけるは壁際から見送った。清楚な横顔や細い肩や、さらさらの髪があけるの視界を、ゆっくりと移動してゆく。

妙花は薄紫のチャームを鞄につけて、楽しそうに笑っていた。

それは、あけるが妙花へのプレゼントに選んだものだ。

ところどころ記憶に欠落がある妙花は、あけるのことも忘れていた。

妙花が混乱するだろうから、自分のことは言わないでほしいと奏実に頼み、プレゼントだけを託した。

きっとこれで良いのだと思う。

妙花に関する記憶も、恋情も、あけるの中にはすでにない。

ただ、ノートパソコンに綴られた白石妙花という女性の物語は残っていた。一冊の本にできるほどの分量で、しかし誰にも見せることはない、あけるだけの物語だった。

それを読み返し、なんて愛おしい優しい目で、俺は彼女を見ていたんだろうな、とセンチメンタルな気持ちになった。

こんなに深く誰かを愛する気持ちをなくしてしまったのは、残念なことだったなと。

あけるから取り出した『記憶』を妙花に移植した、綺麗で無表情な売買人は、

——なにが残念だ。普通の人間なら抜け殻になっていたのに、おまえときたらあれだけ記憶をごっそり抜いても、大して忘れていないし自我を保《たも》っている。作家というのは化け物か？　この変態め。

と、不気味そうに言っていた。

あんな異質な青年に不気味がられるだなんて、複雑な気分だ。

意識を失ったあけるを介抱してくれた南も、あけるが目を覚まして「腹減った、なんか食わせろ」と言うと、

——よくわかんないけど、あけ先輩、すごかったです。

と、あきれているような感心しているような微妙な表情を浮かべていた。

妙花がエレベーターに乗り見えなくなると、奏実があけるのほうをそっと振り返り、小さく頭を下げた。

あけるも口元にかすかな笑みをにじませ、右手を少しだけ上げる。

別れ際に手を振るように。

エレベーターのドアが閉じる。

さぁ、俺も失った記憶の上に、わくわくするような新しい記憶を重ねていこう。

凜とした淋しさと、澄んだ希望を抱えて、幻の初恋に別れを告げた。

第五話

「薔薇《ばら》の叛旗《はんき》とぺんぺん草の矜持《きょうじ》」

「お久しぶりですわね、うたかた堂さん」

自宅のマンションに美貌の青年を招き入れ、日本を代表する舞台女優乃木坂カレナは薔薇のように微笑んだ。

ゴシップ誌の記者に写真を撮られれば、あの大女優が若いツバメと自宅で密会か⁉　と大々的に報じられるに違いないが、あいにくカレナは、スキャンダルなどへとも思っていない。

あたくしが騒がれるのは、みなさんに注目されているせいですわ、と優雅に言い放ち、文句があるならあたくしの舞台を見にいらっしゃい、あたくしの素晴らしさを存分に教えてさしあげますわ、と逆に挑戦状を叩きつける性格である。

それに、カレナがうたかた堂さんと呼ぶ青年は、以前も頻繁にこのマンションを訪れていた。

それはカレナが彼とできているわけではなく、彼の客として商品を購入していたためだった。

その商品とは『記憶』である。

「あなたから、またお買い物をしたいと思っておりますの」

「現実のあんパンは、記憶の美食に勝るんじゃなかったのか？」

青年が無表情のままひんやりと言う。

カレナが彼から美食の『記憶』を買い、ダイエットを試みた際に出た名言（？）だ。

「あら、気にしてらしたの？　あなたの売ってくださった『食の記憶』はどれも素晴らしかったですわ。でも、今日は別の『記憶』をお願いしますわ」

「なにが欲しい？」

青年の問いかけに、カレナは目をきらりと光らせ答えた。

「社会の片隅で、貧しく倹《つま》しく平凡に暮らしてらっしゃる女性の記憶、ですわ。つまり舞台の中央できらめいているあたくしとは正反対の」

「…………」

「用意できまして？」

「できないことはないが、なにに使うんだ」

無表情すぎて他人にまったく関心がないように見える青年だが、カレナが注文の品をどのように使うのか気になるらしい。

「次の舞台は『野麦峠』ですの。時は明治、極寒の野麦峠を越え製糸工場で働く女性たちの悲哀を描く文芸大作ですわ。もちろん、あたくしは主役の女工員を演じますの」

「……女工員が反乱を起こして、工場を乗っ取るのか？」

「いっそそうしてほしいような、もどかしい展開なのですけれど、このみねという女工員は、どんなに踏みつけにされても、ひたすらに耐え続けますのよ。道ばたのぺんぺん草のような女性なのですわ」

「…………」

「あたくしはごらんのとおり高貴な薔薇にもたとえられる女優ですし、身を低くして耐えるなんてこと、生まれてからこのかた一度もしたことがございませんの。脚本を読んでも焦れったいばかりで、みねの気持ちがつかめず困っておりますのよ。高貴すぎるのも考えものですわね」

「……よく引き受けたな」

「それには深い事情があるのですわ。演出家の樋口《ひぐち》という男は、あたくしが〝妙なる薔薇の女王〟と呼ばれていた高校時代に、演劇部の部長をしておりましたの。もちろん、当時からあたくしは常に主役しか演じないスターでしたわ。ところが、あの男はあたくしが演じた『人形の家』のノラが自己主張が強すぎて、人形のように自己を殺して生きる人妻にまったく見えないとかなんとかいちゃもんをつけて、その次の『風立ちぬ』のヒロインに、別の部員を選びましたのよ！　あたくしでは、不治の病におかされた健気なヒロインにならないからと」

「……もっともだな」

青年がうなずくのを、カレナは無視した。

それよりも高校時代に受けた辱めを思い出し、ぎりぎりと歯ぎしりしてしまう。

「彼とは決着をつけることなく決別しましたけれど、いつのまにか文芸作品を演出させたら三本の指に入るなどと言われているではありませんの。目障《めざわ》りなのですわ」

「なるほど、『野麦峠』で薔薇の女王を演じて舞台をぶちこわすのか」

「違いますわ！　うたかた堂さん、あなた、あの男と同じことをおっしゃいますのね。必要なのは道ばたに咲く白い花のような女性で、これ見よがしにどぎつい赤い花びらを広げた薔薇じゃない、なんて」

もともと事務所の他の女優に、オーディションの打診があった企画だった。

それをカレナが自分を主役にするよう、ねじこんだのだ。

女王カレナと『野麦峠』のミスマッチにスポンサーはおおいに乗り気で、カレナの主演が決まったのだが、演出家の樋口は眉間に皺を寄せて、カレナに直接文句を言ってきた。

――『人形の家』のときみたいに、舞台をぶちこわす気か？　今なら間に合う、降板しろ。でないと、きみ自身の評価も下げることになるぞ。

――相変わらず嫌味な眼鏡野郎ですのね。今のあたくしは、あのころよりも女優として数段高いレベルにおりますわ。たとえ道ばたのぺんぺん草だって、あたくしが演じれば燦《さん》然《ぜん》と輝きますわ。

――それは、ぺんぺん草という名前の薔薇だ！

樋口はやっぱりカレナは全然わかっていないと、盛大に溜息をついていた。

「あの男に、あたくしに演じられない役はないと証明してさしあげたいのですわ。ところがこの脚本のヒロインときたら、あたくしの想像をはるかに超えた地味っぷりに耐えっぷりで、こんなに身を低くして耐え忍んでばかりいたら、今に地面に体がめり込んでしまいますわよ」

非常に口惜しいが、女王であるカレナには、明治時代の貧しい女工員の気持ちなど理解できない。

そこで記憶の売買人である青年を呼んだのだ。

「理解できないのなら、体験してみるしかありませんわ。あたくしに、社会の片隅で耐え忍ぶ、地味で平凡な女性の『記憶』を、売ってくださいな」

「わかった。用意しよう」

また連絡する……と言って、青年がカレナのマンションをあとにした数日後。

「遅いですわ」

と苛々しながら待っていたカレナの携帯に、青年からメッセージが届いたのだった。

『希望の商品が用意できた。ただし支払いは現金の振り込みではなく、乃木坂カレナの記憶とする』

「あたくしの記憶ですって？」

◇　◇　◇

その夜。昼間はカフェ、夜はバーになる青年の行きつけの店をカレナが訪れると、カウンターでカルーアミルクを飲む美貌の青年の隣に、体を小さく縮めて落ち着かなそうにそわそわしている小柄な女性が座っていた。

彼女の前には、ノンアルコールと思われるオレンジジュースのグラスが置いてある。

それをストローでひと口すって、目を見張り、びくっとする。

「お味、ヘンでしたか？」

と人懐こい大型犬のような、若いイケメンのバーテンダーが尋ねると、さらにそわそわ

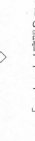

きょどきょどしたあと、

「……い、いいえ。お、美味しすぎて……びっくりして。普段は自分が淹れた安いお茶しか飲まないから」

と頰をちょっと染めて微笑んだ。

まぁ、なんて地味で素朴で平凡な笑みですこと。

それに地味な身なり、地味なお顔、地味な体型、地味な仕草、地味な表情――まさに道ばたのぺんぺん草ですわ！

「あなたが、あたくしに『記憶』を提供してくださるかたですのね？　はじめまして、乃木坂カレナですわ」

カレナが彼女のほうへ近づき、あでやかに華やかに微笑むと、相手は目を丸くし、そのまま石になったようにカレナを見ていたが、急にハッ！　とした様子で、ぺこぺこ頭を下げはじめた。

「さ、さささ佐藤《さとう》なずなだす。い、ではなく、です。よよよろしくお願いいたします」

話しかたに東北のほうのなまりがある。

最高ですわ。

しかも、お名前まで『なずな《ぺんぺん草》』だなんて。

売買人からの事前の報告によれば、佐藤なずなは年齢二十四歳。

地元である岩手の高校を卒業したのちに上京し、専門学校に通い、そのあと東京で就職したが会社は一年で倒産し、新しい就職先が決まらないまま弁当を作る工場やコンビニ、清掃員などのアルバイトを掛け持ちして生活している。

毎月の収入から奨学金を返済するかたわら、実家の両親にも仕送りをしており、本人は都心から離れた築三十年の小さなアパートで一人暮らしをしているという。

まさに、これ以上ないほどの人材だ。

さすがうたかた堂さん、良いお仕事をされますわ。

「あ、あたし、こんな……普通で、地味なので、セレブの綺麗なひとたちって、どういう生活をしているのかなって、あ、憧れていて。まさかカレナさんみたいな綺麗でゴージャスなかたの記憶をわけていただけるだなんて、夢みたいです」

なずなの頬が、ぽーっと染まる。

都会で働く二十四歳の女性といえば華やかなイメージがあるが、彼女の場合、貧しさのため遊ぶ間もなく仕事を掛け持ちして働いていたせいか、世俗に染まっていない感じだ。

恥じらう様子も、まるで少女のようだ。

あたくしが演じるみねは、十四歳の若さで製糸工場に奉公に出かけるのでしたわね。いいですわ、このすれてない感じ、とても参考になりますわ。

「あたくしも、なずなさんのようなかたを探しておりましたのよ。なずなさんは、あたくしの求める、地味で平凡で貧乏くさいヒロインのイメージにぴったり。うたかた堂さんに感謝しなくてはなりませんわね」

「あ……えーと……」

薔薇のような笑顔で、地味で平凡で貧乏くさいと断言されたなずなは面食らっているが、今のカレナにとっては最上級の褒め言葉だ。

この貧乏くささなら、あの嫌味な眼鏡の演出家も納得するはずだ。

まさに、絵に描いたようなぺんぺん草っぷりですもの。これなら、ぐうの音も出ないはずですわ。

ご満悦のカレナとは反対に、さきほどまで嬉しそうにしていたなずなのほうは微妙な表情だ。

もちろん、そんなことを気にするカレナではない。

「うたかた堂さん、なずなさんの『記憶』をいただきますわ。お支払いは、あたくしの『記憶』で問題ございませんわ。それでよろしくてよ」

売買人の青年が確認するように、なずなのほうを見る。右は金、左は銀の、ひんやりし

た眼差しを向けられたなずなは、優柔不断にそわそわしながら、

「あ……う、あたしも、大丈夫……です」

と、うなずいた。

店の常連で『あけ先輩』と呼ばれている小柄で目つきの鋭い男が、いつも座っている壁際のソファー席でノートパソコンを叩きながら、今度はなにをやらかしているのかという視線を、ときおり向けてくる。

イケメンのバーテンダーは慣れているようで、悠々とグラスを磨いている。

他に客はいない。

現野一夜という名の売買人の青年がカルーアミルクのグラスを空にし、椅子から立ち上がる。整いすぎた無表情な顔は、人形のようだ。肌は雪のように白く、髪は夜の闇のように黒い。

右の手と左の手、両方の手のひらを上に向け、長い腕を胸の高さまですっとさしあげると、そこに淡々《あわあわ》とした光が生まれた。

なずなははじめて見るのか、前屈《まえかが》みになっている。

右と左、それぞれの光の中に、一冊ずつ本が浮かぶ。

青年は無表情のまま立っているだけで、誰も本にはふれていないのに、ページが左右同じ速度でぱらぱらとめくれ出す。どのページも真っ白で、文字はなにも書かれていない。

なずなが、こくりと息をのむ。

「記憶とは、魂という名の書物に記された個々人の物語だ」

「人はそれをめくることで、物語を読み返すように己の記憶を自由にさかのぼることができる」

ひんやりした声が、店の中をたゆとうように流れてゆく。

「だが書かれていた文字が消えてしまえば、そこにあるのはただの空白のページ――記憶の欠如、あるいは忘却だ」

カレナの頭の中でもぱらぱらと本のページがめくれる音がし、耳がこそばゆくなる。脳内を巡る文字が、耳から外部へ流れ出てゆくような感覚がし、青年の手に浮かぶ二冊の本のページに、文字が綴られてゆく。

カレナが感じている記憶の喪失を、カレナの隣で茫然とした顔をしているなずなも感じているのだろう。口をかすかに開けたまま動かない。

「空白にあらたなエピソードを書き込めば、別の物語が生まれる。記憶の再構成、あるいは——変革だ。これを同時に行うことで、記憶の入れ替えが可能となる」

本のページがそれまでとは逆の方向へめくれ出し、綴られた文字が消えてゆき、そのあとに別の文字が書き込まれてゆく。

カレナの耳がまたむずむずとこそばゆくなり、先ほど流れ出ていったのとは逆に、今度は入ってくる感覚がし、頭の中で『記憶』がぐるぐると渦巻きはじめる。

これで今度の舞台も、成功したも同然ですわ。あの嫌味眼鏡が、あたくしの演技に驚嘆し賛美する顔を見るのが楽しみですわ。

◇　◇　◇

こうして地味で平凡で貧乏ったらしい女性の記憶、をゲットしたカレナだったが、あれから数日。なんとも言えない違和感に戸惑っていた。

なんですの、この常に道の端をこそこそと歩いてしまう感じは。何故、真ん中を歩かず、いつも端なのですの？　目の前を他のかたが歩いていて道をふさいでいるのに、追い越せませんわ。足に重たいなまりをくりつけているみたいに、のろのろ歩いてしまいますわ。

このあたくしが他人の後ろを、まるで亀《かめ》のように——ああ、何故追い越したり、おどきなさいと言ったりできませんの？

いいえ、そんな大それたこと、しようとも思えないのは、あの地味ななずなさんと、記憶を交換したせいですの？

普段の生活や仕事には支障のない範囲での、ほんのお試し程度の量の交換と、売買人はひえびえとした顔で説明していたが、常に前にひとのいない状態で道の真ん中を歩いてきたカレナにとっては、他の通行者に遠慮してちまちまと端っこを歩かなければならないというのは、気持ちと頭がちぐはぐし、気持ちが悪かった。

他にも、朝の満員電車の『記憶』もダメージが大きすぎた。

ぎゅうぎゅうづめの車内で、他人の足を踏んづけたり、肘《ひじ》があたったりしないようひたすら気をつかって身を縮めているのに、頭や肩に肘を置かれたり、背中にもたれかかってこられたり、口や髪から悪臭を放つひとがすぐ隣にいてもじっと息を潜めて、最寄りの駅に到着するのをただただ耐え忍ぶだなんて、地獄だ。

何故、タクシーやハイヤーを使いませんの？

毎日、こんな拷問のような状態に耐えているだなんて。

ああ、でも、タクシーだなんて、あたくしには分不相応で贅沢すぎですわね。タクシー一メーター一分四百二十円の乗車賃で、五日分の食事が賄えますわ。お稽古場《けいこば》への路線や乗り継ぎを確認しなければ。

そんなことを考えている自分に、ハッ！　とし、あたくしったら今、いったいなにを？

と焦りつつ、また、
今日はお給料日ですから、自分へのご褒美《ほうび》にアイスを買って帰りましょう。

三つ手前の駅のディスカウントストアで、コンビニだと一個百五十四円もする高級アイスを、八十九円で販売しているのを見つけておいて、ラッキーでしたわ。

そうですわ、靴下も穴が空いたのを何度も繕《つくろ》って履いてぼろぼろですから、二駅先の商店街の洋品店へ行ってみましょう。確か五十円の靴下が、表の段ボールの箱で売られていたはずですわ。

などと考えて、うふふ……と、こっそり笑みをもらしたら、舞台の打ち合わせの最中で、周りからぎょっとされたり。

頭の中が、すっかり貧乏に染まっていることにも困惑したが、勤務先のお弁当工場での『記憶』もカレナを辛《つら》い気持ちにさせた。

ベルトコンベアで運ばれてくるプラスチックの容器に、ビニール手袋をはめた手で、延々と玉子焼きを入れてゆくのだ。

どこまでいっても、何時間経っても、目の前に映るのはプラスチックの容器につめられたお弁当と、大量の玉子焼きだけで、普段のカレナならとても耐えられないことなのに、

今日は玉子焼きの担当で良かった。ごはんをつめる担当は大変だもの。

などと小さな幸せを噛みしめている。

工場の休み時間も一番暖房から遠い、隙間風《すきまかぜ》が吹き込む場所に、わざわざ自分から座りにゆく。暖房の近くは、パートの中でもボス的な立場の女性たちのグループがいつも座っているので、たとえ空いていても座ってはいけないのだ。

それ以外にも、たえず他人に気を配り、空気を読み、自分は決して出しゃばらず、下がって下がって下がりまくるのに、

控え目すぎですわ！

と何度も、もやもや、うずうずし、溜息をついたのだった。

「これがぺんぺん草の日常なのですわね。……なんてお気の毒なんでしょう」

◇　◇　◇

一方、カレナの記憶をもらったなずなも困っていた。

いつも道の端を、他の通行者に気をつかって歩いていたのが、どうしても道のど真ん中を、かかとをカツカツ鳴らして腰に手をあてて歩きたくなってしまう。

幸い、なずなが履いているのは高級ブランドのかかとの高い靴ではなく、底がすり減った運動靴だったので、かかとを歩道に打ちつけて歩いても、カツカツとは鳴らなかった。

けど、こんな歩きかたをしたら、靴底が早くすり減ってしまう。

それに、こんな大股で、こんな腰に手なんかあてて、は……恥ずかしい。みんな、こっちを見てる。

恥ずかしいよぉぉぉぉ。

歩行者が前をふさいでいると、さらに弱った。

追い越したい！　という気持ちがむらむらとわいてくるのだ。さらには、『おどきなさい』と顎《あご》をクイッとそらして告げたくなってしまう。

外でも困るが、工場の廊下でもそうしそうになったときには、本当に弱った。

必死で自制したが、
何故、あたくしが、あたくし以外のかたに遠慮しなければなりませんの。あたくしは、舞台の中央でスポットライトを浴びる女王ですのよ。周りがあたくしに気をつかうべきですわ。

そんなことを顎をそらしたまま考えている自分にハッ！　として、赤面してうつむくというふうだった。

ネットのSNSなどで見るセレブなひとたちの暮らしに、なずなは年甲斐《としがい》もなく憧れていた。カレナと記憶を交換し、つかのまのセレブライフにひたろうと楽しみにしていたのに、目の裏に映るのは、鏡に映るカレナ、カレナ、カレナ、カレナと、どれだけ自分の顔が好きなのだろうとあきれるほど、カレナばかりで、カレナがポーズをとったり、眉を上げたり、唇をほころばせたり、目を見開いたりするのを、今朝も、あたくしはこの世で一番美しいですわ、などと心の中でつぶやきながら眺めている。

朝、昼、夜と、長時間に及ぶ肌やその他のお手入れをしたあとは、スタイル維持のために筋トレもかかさない。

あたくしのウエストは永遠に四十九センチでしてよ。

食事も、鶏のささみや野菜を煮たものを、オリーブオイルと塩だけでなど、たいそう質素で、セレブのひとって毎日フルコースを食べて、ワインを飲んでいるんじゃないの？と、朝はぬるめの白湯《さゆ》を一杯飲むことを日課としているカレナの記憶に、がっかりするのだった。

あたくしの美貌とスタイルを維持するのは、全人類のためでもあるのですわ。あたくし自身が世界遺産ですのよ。

ああああ恥ずかしい。

ベルトコンベアで流れてくるプラスチックの容器に、ビニール手袋をつけた手で昆布巻《こぶま》きをつめながら、なずなは赤面してうつむく。

カレナさんって、もしかしてすごく残念なひとなのかも。

シナリオを片手に立ち稽古がはじまるなり、周りはカレナを驚きの眼差しで見た。

故郷にいる家族のため製糸工場で身を低くして働くヒロイン、みねを演じるカレナは、ご満悦だった。

◇　◇　◇

みんなあたくしの演技に、驚いてらっしゃるわね。どう？　あたくしがゴージャスな美女しか演じられない女優だと思ったら大間違いでしてよ。

カレナと高校時代から因縁《いんねん》がある演出家の樋口も、思わずというように眼鏡の位置を直したあと、硬い表情を浮かべている。

きっとカレナがあんまり完璧に、貧しく健気な少女を演じているので、自分の間違いに気づき敗北感を噛みしめているのだろう。

「……カレナさん、なんだか……別人、みたい」

そんな声が聞こえてきて、ええそうでしょうとも、とさらに悦に入る。

「なんというか……地味？」

え？　地味……ですって？

いいえ、この役は地味で貧乏で、ひたすら耐え抜くヒロインですから、合っているはずですわ。

きっと今のは褒め言葉で——。

「いつもの〝カレナ様オーラ〟がないというか、印象に残らないというか、胸に全然響いてこない感じ」

胸に響かない⁉

演出家がストップをかけ、カレナに厳しい声でダメ出しをする。

「演技が悪い意味で自然すぎて、ドキュメンタリーになっている。きみなりに役を解釈して演じようとしているのだろうが、ただの地味で平凡な女性にしか見えない。訴えてくるものがなにもない」

カレナはカッとした。

「あなたが道ばたのぺんぺん草をお望みでしたので、そういうふうに演じたんじゃありませんか」

「ぺんぺん草を舞台の真ん中にただ置いておくだけで、客が感動すると思うか？　きみのぺんぺん草にはリスペクトがない」

「リスペクトですって？　ぺんぺん草のなにに敬意を払えというんですの！　さっぱり意味がわかりませんわ」

眉をキッとつり上げてわめくカレナに、眼鏡の演出家は溜息をついた。

「だから、きみには無理な役だと言ったんだ。ぺんぺん草を、こんなものだろうと思って演じているかぎり、客の心を揺さぶるぺんぺん草にはならないぞ」

◇　◇　◇

なんか疲れた、アイスが食べたい……。

工場の帰り道。三つ手前の駅で降りたなずなは、ディスカウントストアへふらふらと入ってゆく。アイスはここが一番安い。

たまに、なんでこんなに節約しなきゃならないのかなぁ……と思うことがある。欲しいものややりたいことも全部我慢して、故郷の両親に仕送りをして、奨学金を返して。そうすると手元には、生活するギリギリの金額しか残らない。

駅や街の雑踏で見かけるなずなと同世代の女の子たちは、お洒落な服を着て、高そうなバッグを持って楽しそうに歩いているのに、どうしてわたしだけ正社員にもなれなくてアルバイトを掛け持ちしながら、節約ばかりしているのかなぁと悲しくなる日もある。

けど、しかたないよね。

うん、しかたない。

悩んでも暗くなるだけで、天からお金が降ってくるわけでもないので、考えないようにしている。それに百五十四円のアイスを八十九円で買えると、嬉しくてわくわくして、普通に定価で買うよりも美味しく感じるし。

冷凍ケースを開けて中をのぞきこみ、お目当ての品に手を伸ばしたとき、その手が途中でぴたりと止まった。

「え」

手が動かない。

なんで？

◇　◇　◇

翌日、カレナが稽古場へ入ると、中でなにやらもめていた。

テレビの時代劇で主役のシリーズも持っている大御所の男性俳優が、スタッフに詰め寄り叫んでいる。

彼は今回の舞台では客演の目玉という位置づけで、ヒロインが働く製糸工場で下働きをする老人を演じることになっていた。ヒロインのみねが苦しんでいるとき、自分の生涯を語り、みねに心の支えになる言葉をくれる重要な役だ。

他の仕事と並行しているため、今日がはじめての稽古になる。

どうやらシナリオに不満があるらしい。メインの役どころだというから忙しいスケジュールの合間に無理矢理押し込んだのに、実質一場面しか登場しない。

これでは自分が出演する意味はない、出番を増やせと言っている。演出家の樋口が離席しており、助手が対応に苦慮している。


んまぁ、図々《ずうずう》しい。

これはあたくしの舞台ですのよ。我《わ》が儘《まま》を言っていいのは、あたくしだけですわ。

だいたいその嗄れかけたお声で、一場面以上、もちますの？　もうずっとテレビのお仕事ばかりで舞台からも遠ざかってらっしゃいますし、一場面がせいぜいだと判断されたのでしょう。的確だと思いましてよ。

ただでさえ、ぺんぺん草へのリスペクトとはなにかを考えて一晩中眠れなくて、目は痛いし、お肌の調子も悪いしで苛々しているのに。

不満があるのでしたら、いつでも降板してくださって結構ですわよ！　と言ってやろうとして――。

踏み出そうとしたその足が――止まった。

え？

何故動かないんですの？

足を前に蹴り出そうと肩に力をめいっぱい込めて力んでみるが、見えない手で押さえつけられているみたいにぴくりともしない。

「くぅう、これもなずなさんの記憶のせいですの？」

顔をしかめて唸っていたそのとき――カレナの目の裏に、ある光景が浮かんだ。

それは、なずながまだ小さなノベルティメーカーで、ＯＬとして働いていたときのことだった。

業績の悪化から会社は遠からず倒産するのではと噂され、社内の空気はピリピリし、なずなの入社時に四人いた同期は次々辞めてゆき、なずなだけが残っていた。

この日も部長と係長の意見が折り合わず喧嘩になってしまい、言い争う声がどんどん荒くなっていったが、みんな憔悴《しょうすい》しきった顔をしていて誰も止めようとしない。
なずなも、ときおりびくっとしながら身を縮めていた。
係長が、もうこんなつぶれかけの会社にいる意味はないから辞めると言って出てゆき、そのあとに何人かの社員がついていった。

——勝手にしろ！

そう怒鳴《どな》って、部長は椅子にドスンと座り頭を抱えてうつむき、

——お茶！

と怖い声で言った。
部屋の中に、女子社員はもうなずなしかいなかった。なずなは立ち上がり、給湯室で急須《きゅうす》や湯飲みをあたためて、時間をかけて丁寧にお茶を淹れ、綺麗に磨《みが》き直《なお》した来客用のお盆にのせて運んだ。

——お待たせしました。

と部長の机に湯飲みをそっとのせると、部長は頭を抱えたまま、

――きみも……辞めてもいいんだぞ。

と疲れ切った低い声で言った。

なずなは静かに答えたのだった。

――あたしは、ここしか働く場所がないですから。ここにいます。

部長の机に、塩辛い粒が落ちる。

少しぬるめに淹れたお茶を飲むあいだ、部長はずっと下を向いていた。


「…………」

大御所俳優は、まだわめき続けている。

カレナは彼のほうへ踏み出していた足を引っ込め、稽古場を出て廊下を歩いていった。

今度は足は、すんなり動いた。

「給湯室はどちらかしら」

と尋ねると、カレナに声をかけられた女性スタッフは目を丸くし、おたおたした。

◇　◇　◇

十分後、トレイにお茶の入った湯飲みをのせて戻ってきたカレナに、稽古場にいた共演者やスタッフは目を丸くした。

「カレナさんが、お茶を？」

「自分で飲むのか？　こんなときに？」

大御所俳優は依然として声を荒らげ、助手に詰め寄っている。カレナに気づいていない様子だ。

「あ、カレナさんが高城《たかしろ》さんのほうへ」

「まさか、お茶をひっかけるつもりじゃ」

「誰か止めて」

そんな言葉がささやかれるが、カレナがまとう静かな空気に近づきがたさを感じて、誰も声をかけることさえできない。

こんなに静かな表情を浮かべたカレナを、みんな見たことがない。

いつもの強烈なまでの華やかさも艶めきもなく、地味ですらあるのに、目をはなせない。

カレナでありながら、カレナではない。

そんな不思議な存在感にうたれたように、周囲は息を潜めて見守っている。

スタッフから携帯で連絡をもらって駆けつけた演出家の樋口も、入り口付近で立ち止まった。

長い指で眼鏡にふれ、位置を直し、今視界に映っているものがレンズの不調ではないことを確認し、目を見張る。

「高城さん、声が嗄れているようですわ。お茶をどうぞ」

控え目に語りかける声。

感情を抑えた静かなその声は、しかし稽古場の隅々にまでゆるやかに流れてゆく。

大御所俳優もようやくカレナに気づき、そちらを向いたとたん、ぎょっとした様子になる。

自分が今見ているものが信じられないように目をしばたたかせ、なにか言おうとし、言葉にならなかったようで、低く唸った。

さらに驚きの光景が続く。

カレナが！

妙なる薔薇の女王が！

ひざまずいたのだ！

い、い、い、い、

大御所俳優の足元に、しとやかにそっと膝をつき、彼が受け取りやすいようトレイを差し出した。そうして、少し淡々とした静かな声と、その身をそっと気遣うような真摯《しんし》な眼差しで見上げて、言う。

「高城さんがお仕事に熱心なあまり、ご無理をされているのではないかと心配です。もし高城さんが喉を痛めて舞台に立てなくなってしまったら、哀しむお客さまが大勢いらっしゃいますわ。この舞台は、高城さんあってこそですから」

「きっと高城さんがご出演なさるたった一場面を見るためだけに、おこしになるお客さまもいらっしゃるでしょう」

「わたくしは主役で出ずっぱりなのに、一場面しかご登場にならない高城さんに全部持ってゆかれてしまうのではないかと……。そんな不安と、高城さんの素晴らしい演技を一番間近で拝見できるという期待に……揺れております」

「ですから、どうぞ喉をいたわってあげてください」

うぐぐ……と唸っていた高城が、トレイから湯飲みを取り上げる。それを口にし、多分ほど良い温度だったからだろう。はっとした表情を浮かべたあと、ごくごくと飲み干した。

カレナはひざまずいたまま、ひっそりと見守っている。

トレイに湯飲みが戻されると、目を伏せ、頭《こうべ》を垂れた。

頭上でばつの悪そうな声が聞こえた。

「立ちなさい、乃木坂さん。私も大人げなかった。きみが気遣ってくれたとおり、私の喉はもう長時間の舞台には厳しい……それを認めたくなくて、みっともない抗議をしてしまったな……」

老いた自分には、舞台で声を張り続けるのは難しいことを、本人が一番わかっていたに違いない。その焦りと不安から、居丈高《いたけだか》な態度をとってしまった。

普段のカレナならば、彼の弱さに気づけなかったかもしれない。けれど、なずなの記憶にあるくたびれはて、怒りを吐き出すしかなかった上司の姿が、声を荒らげて主張を続ける老いた俳優に重なり、深い哀しみを感じた。

ぬるめに淹れた一杯のお茶に、ねぎらいといたわりをこめたのだった。

高城はすでに、じゅうぶん反省しているようで、

「今の乃木坂さんと一緒に舞台に立ったら喰《く》われるのは私のほうだ。そうならないよう稽古に励《はげ》まねばな」

と謙虚に語った。

「身に余るお言葉ですわ……」

とんでもないと困っているように、控え目につぶやいたあと、

「では、お稽古をはじめましょう」

立ち上がって周囲を見回したカレナは、圧倒的な魅力を振りまく薔薇の女王に戻っており、高城を含め周囲は再び啞然としたのだった。

アイスも食べられないなんて……女優って、華やかなだけの仕事じゃないのかも。

◇　◇　◇

昨日、帰り道にいつものディスカウントストアで、大好物のアイスを購入しようとしたら手が止まってしまい、頭の中に、それを食べたらカロリーと脂肪分をとりすぎですわ、あたくしは全人類のために、この四十九センチのウエストを維持しなければならないのですのよ、と声が聞こえ、とうとうアイスを買うことができなかった。

朝も早々に目覚めて、白湯を一杯飲んだあとみっちり筋トレをしてしまう。まるでストイックなアスリートのようだ。

顔だけばしゃばしゃ洗って家を出ようとしたら、ノーメイクだなんてとんでもありませんわ！　とチェックが入り、ファンデーションとリップだけですませようとしたら、下地の作りかたがあまいだの、コンシーラーを使えだの、パウダーとチークも必要だのと、なずなの中の〝カレナ様〟がダメ出ししてきて、なかなか出社できず遅刻するところだった。

――あたくしが、この世で一番恐れているものは〝妥協〟ですわ！

そう言われても、あたしの人生なんて妥協の連続だし……。

大学に行きたかったけれど経済的な問題で専門学校へ行き、会社がつぶれたあとはバイトを掛け持ちしながら細々と生活をしていて……。そんな自分が悲しくなる日もあるけれど。

妥協のない人生って、とっても疲れそう……。

実際カレナと記憶を交換してから、毎日ぐったりしている。

これ、返品できないのかな……。

ベルトコンベアで流れてくるプラスチックの容器に、スプーンで黒豆をすくってのせながら、人形のように無表情な売買人の顔を思い浮かべていたとき。

「ちょっと、あなた、なにやってるのよ」

なずなは自分が怒鳴られたのかと思って、びくっ！　とした。

けれどそうではなく、パートのボス的な女性に叱りつけられていたのは、先日入ったばかりの女性だった。

まだ二十六歳でなずなとほぼ同世代だが、小さな子供がふたりおり旦那と離婚したばかりで、子供を養育するために働きに出たという。

おとなしい感じのする、ほっそりした美人で、ボスは彼女が気に入らないらしく、仕事を教えなかったり、わざと難しい担当を押しつけたりして、いじめていた。

多分ボスと不倫関係にある上司が、彼女にでれでれしていたからだろう。

みんな、新入りの女性がボスにいじめられても気の毒そうに目配せしあうだけで、助けに入ろうとせず、なずなもあのひとは遠からず辞めるのだろうなと思っていた。

けれど休憩室で、他のパートからの噂話で、

——別れた旦那が借金抱えてて、慰謝料ももらえないらしいわよ。彼女が保証人になって返している分もあるんですって。

——それじゃあ、辞めたくても辞められないかもね。

そんなことを聞いて、なんだか自分が最初に勤めて倒産した会社のことを思い出してしまって、胸がぎゅっとした。

だから今も、新入りの女性がボスに怒鳴られているのを見て、ドキドキしてしまった。

誰か助けてあげて。

けれど新入りの女性ににやけていた上司まで、ボスになにか言われたのか、それとも新入りの女性を誘ってフラレでもしたのか、止めに入ろうとしない。

彼女はボスに一方的に糾弾されて、目に涙をにじませている。

「あなたのせいでみんなが迷惑しているのよ、仕事を覚える気がないならもう来なくていいわよ」

ひどい、あんな言いかたって。

仕事をろくに教えなかったのは自分のほうなのに。

でも、そんなこと口にしたら、今度はなずなが嫌がらせをされるので言えな――。

――あたくしが、この世で一番恐れているものは〝妥協〟ですわ！

頭の中に雄々しくもあでやかな声がいっぱいに響き渡って、目の前の鏡に映る女性が目を強く輝かせ、咲き誇る薔薇のように不敵な笑みを浮かべた。

まるで、自分には、不可能なことなどなにもないというように。

なずなは彼女とは違う。

けれど、今、なずなの中には、あの不可能さえも可能にしてみせる、妥協を決して許さないトップ女優の『記憶』がある！

「みんなが迷惑しているのは、大塚《おおつか》さんにじゃないですか」

パートの同僚たちが仰天して、なずなのほうを見る。地味で目立たないなずなが、ボスに意見するなど思ってもみなかったのだろう。

ボスの顔も、怒りでみるみる赤くなる。

「佐倉《さくら》さんに仕事を教えるように主任から言われたのに、ろくに説明もしないでラインに立たせたら失敗してあたりまえです。なのにみんなの前で叱りつけて。ラインを止めているのは佐倉さんではなく、大塚さんです」

こんな大それたことを、自分がしてのけるだなんて信じられなかった。

ボスはブルブル震えている。

「あたしはちゃんと説明したわ。佐倉さんの覚えが悪いから」

「なら、あたしが佐倉さんにもう一度説明します。主任、あたしと佐倉さんをラインからはずしてください。佐倉さんに仕事の内容を教えますから」

いきなり話を向けられた上司が、おたおたする。

「あー……えーとその、佐倉さんの教育係は大塚さんに一任しているから……大塚さんが納得してくれるならその……」

不倫相手のボスが睨んでいるのが怖いのだろうか。ボスのほうをちらちら見ながら言葉を濁す。

なずなの中のカレナが、カッ！　と目を見開き、怒りの声を上げた。

「大塚さんの教えかたじゃダメだから、あたしが教えると言っているんです！　主任に判断が難しいようなら、本社の人事に直接相談します！　主任が特定のパート女性と個人的な関係にあって、業務に支障をきたしているので、調査のうえ対処願いますって」

上司がボスと不倫していることは、みんな薄々気づいている。でも、それをなずながはっきり指摘したことで、上司は完全にうろたえ、ボスの顔色も赤から青に変わり、酸欠の金魚のように口をぱくぱくさせた。

上司が「わ、わかった。佐倉さんの教育係は佐藤さんに任せるから。不用意な発言は控えるように」と、しどろもどろで言う。

ボスは具合が悪いので早退すると帰ってしまい、しばらく騒然としていた。

止まっていたラインがようやく流れだし、新人の女性が、

「あ、あの……ありがとうございます」

となずなに頭を下げた。

「でも、良かったんでしょうか？　わたしのせいで佐藤さんにご迷惑がかかってしまったら……」

心配そうな彼女に、なずなは薔薇のようにあでやかに微笑み、言ったのだった。

「あたくしは、あたくしのしたいことをしただけですわ」

「え？　あたく……し？」

きょとんとする相手に、なずなはなずなに戻り、今度は興奮を隠しきれず小声で言ったのだった。

「あーもう、最っ高に、気持ちえがった〜！」

◇　◇　◇

「――では、お稽古をはじめましょう」

そう告げて周囲を見回すと、カレナの宿敵である眼鏡の演出家と目が合った。薔薇の笑みを浮かべたまま、

「あら、ずいぶん遅いご到着ですのね。あなたはあたくしの名演技を見損《みそこ》なってしまいましたわよ」

と言ってやると、

「いいや、しっかり見せてもらった。……まいった、あんなものを見せられたら、きみに頭を下げて出演を依頼するしかない」

と、眉間に皺を寄せ不服そうに言った。

「聞いてさしあげますから、遠慮なくおっしゃってくださいな」

樋口がはーっと溜息をついて、カレナに頭を下げる。

「乃木坂カレナさん、主演女優として、おれと一緒に舞台をつくってください」

その言葉が聞きたかったのですわ。

高校以来の宿敵の、ようやくの敗北宣言にカレナは心から満足し、カレナにしては少し

ばかり子供っぽい開けっぴろげな笑顔で答えたのだった。

「ええ、そうしてあげてもよくってよ！」

◇　◇　◇

カレナが主演を務める『野麦峠哀史』は、上演された直後に大評判になった。華やかなドレスも着ていない、地味な着物に身を包み髪をまとめ、製糸工場で健気に働くカレナの姿に、観客は驚きとともに引き込まれ、終盤、病魔におかされ兄に背負われて故郷に戻るみねが、野麦峠の向こうに広がる故郷の山並みをうるんだ瞳で見つめ、か細い声で、心の底から嬉しそうに、

『ああ……兄さん、飛騨《ひだ》が見える』

と、つぶやくシーンでは、客席のあちこちからすすり泣きが聞こえた。

そうして、乃木坂カレナ新境地！　あらたな魅力に連日チケット完売！　という記事がネットに出回るころ。

なずなはディスカウントストアで購入したアイスクリームを、自宅のアパートでのんびり味わっている。

「うーん、美味しい」

パートのボスだった大塚が辞め、彼女と不倫関係にあった上司も異動になったあと、仕事自体は代わり映えしないものの、以前より格段に風通しがいい。

それは、自分がただ耐えるばかりではなく、いざというときにちゃんと戦えることを知ったせいだと、なずなは思っている。

なずなの中にあったカレナの記憶はしだいに薄れつつあるけれど、あの日自分の意志で声を上げ、戦ったことと、そのあと感じたたまらない高揚はきっとなずな自身の記憶として、胸にあり続けるだろう。

カレナさんは普段から、いっぱい努力していてすごいと思うし、記憶を交換して結果的には良かったけど、やっぱりあたしは、今のこの生活が好きだなぁ。

八十九円のアイスで、こんなに幸せになれるんだもの。お得だよね、うん。

木のスプーンでアイスをすくって口へ運び、にっこりしてなずなは言った。

「あ〜あたしがあたしで良かった」

◇　◇　◇

カレナは今日も、廊下の真ん中を、皆の羨望《せんぼう》を浴びて堂々と進む。

『野麦峠哀史』が今年度の演劇大賞にノミネートされ、カレナも主演女優賞確実と目されていて、大変気分がいい。

受賞自体は何度もしているが、今回は特別だ。なにしろ大輪の薔薇であるカレナがぺんぺん草を演じきったのだから。

最初は、こんなに遠慮して耐えてばかりの人生なんて、まったく理解できないと思っていたけれど、『耐える強さ』があるということを学んだ。

与えられた場所で耐えること、あえて自分を曲げること、引くこと、そんなことにも強さが必要で、案外美しいということ。

そして弱さへの共感といたわりも――。

どれも、なずなと記憶を交換してみなければ気づかなかったことだ。

うたかた堂さんに、またひとつ感謝することが増えましたわね。でも、もう、道の端をこそこそ歩くのはごめんですけれど。

高貴な薔薇の微笑みでカレナはつぶやく。

「あたくしは、今日もあたくしですわ」

◇　◇　◇

「うぉっ、うまそうだな」

ノートパソコンを持って地下の店を訪れたあけるは、カウンターに並ぶ料理を見て目を輝かせた。

じゃがいものグラタンに、じゃがいものコロッケ、じゃがいものサラダに、じゃがいものポトフと、じゃがいもづくしだ。

「いらっしゃい、あけ先輩」

「今夜はじゃがいもパーティーか？」

バーテンダーの南に尋ねると、カウンターの向こうでじゃがいもを薄く切ったものを素揚げしながら、明るく答えた。

「なずなさんが実家から届いたじゃがいもを、わざわざ持ってきてくれたんです。一夜くんへのお礼だって。なずなさん、カレナさんと記憶を交換して大変なこともあったけど、いい経験をさせてもらったって言ってました。自分に自信が持てたし、求人も増えてきたから、また就活してみるって前向きでしたよ」

「へぇ、わざわざ礼を言いに来るなんて、いい子じゃねぇか。まだ若いし、今ならすぐ仕事も見つかるだろう」

「ですね。仕事が決まったら報告に来てって言っときました。そしたらお祝いしましょう」

「おっ、いいな」

「まぁ今日は一夜くん感謝記念ってことで。なずなさんに、すっごくいい笑顔で、ありがとうございますってお礼言われて、感激したみたいだから」

「……別に、そこまでじゃない」

ボソリと答えた綺麗で無表情な売買人は、それまで会話に入らずカウンターの隅でカルーアミルクを飲んでいた。

「えっ？　そう？　感激しすぎて言葉が出ないって感じに見えたけど」

「……いきなりじゃがいもを箱で渡されて、一方的に語られて、唖然としてたんだ」

――ありがとうございます、うたかた堂さん。これ、うちの実家でとれたじゃがいもです。あたしが佐藤なずなだったらできない経験をさせてもらった、お礼です。

――……。

じゃがいもの箱を両手で抱えて惚《ほう》けている青年の姿を想像し、あけるは吹き出しそうになった。

ああ、そりゃぜひその場で見てみたかった。

薔薇の華やかさはないが、ぺんぺん草の素朴さと強さを持ったなずなは、案外青年と相性が良いのではないかと思った。

また、来てくれねぇかな。

それで、いつもひんやりした、つまらなそうな顔をしている青年から、いろんな表情や感情を引き出してくれたら最高だ。

「まぁ、おまえもようやく、客に感謝される喜びってやつを知ったわけだ。いいもんだろ、自分の仕事で誰かを幸せにするってのは。この『記憶』は大事にしろよ」

華奢な肩を叩いて言ってやると、上目使いで不服そうな顔をしてきた。

が、南が作ったじゃがいもづくしのコロッケやグラタンを黙々と食べる横顔は、青白い頬に普段よりもほんの少し赤みがさして、あたたかに見えた。

そして翌日からしばらくのあいだ、青年は毎日、店でカフェラテやカルーアミルクと一緒に、じゃがいものコロッケや、肉じゃがや、じゃがいものバター焼きを注文して、あけると南をにやにやさせたのだった。

第六話

「おじいちゃんの遺産」

昼はカフェ、夜はバーになる地下の店に、売買人は現れるという。黒髪に色白の美青年で、右の瞳は金色、左の瞳は銀色なのだと。

人形のように無表情でひえびえとした空気をまとう彼が扱う商品は『記憶』である。

たとえば〝お祭りで花火を見た〟という記憶を買えば、花火を見ていなくても、自分がお祭りに参加して花火を見た『記憶』が頭の中に上書きされるという。

そんな彼に会いに、ランドセルを背負った男の子が店を訪れたのは、秋の昼下がりだった。

『記憶の買取・販売いたします
　ご連絡お問い合わせはこちらへ
　××××@×××
　　　記憶書店　うたかた堂』

小さな手に大事そうに名刺を持った、素直で優しそうな男の子は、相田航希《あいだこうき》という名前

で、店の壁際のソファー席でノートパソコンを叩いていたあけるが手を止めて、

「一夜の客だって？　おい、ぼうや、いくつだ？」

と尋ねると、少し緊張しながら、

「九歳で小学三年生です」

と、まだ声変わりをしていない愛らしい声で答えた。

売買人はカウンター席で、ひんやりした顔でカフェラテを飲んでいた。まさか小学生が来るとは思わなかったのだろう。普段は無表情な青年の顔が、かすかにしかめられるのをあけるは見た。

売買人がカップを置き、不審げな眼差しとひえびえとした声で、

「オレと取引したいというのは、おまえか？」

と問うと、航希は真剣な目で青年をじっと見上げ、うなずいた。

◇　◇　◇

長い石段を登り白い鳥居を通りすぎたあと、足元はがっちりと固まった溶岩が突き出た土の道に変わった。両脇が高くなっていて、そこに鹿の角みたいに奔放に枝を伸ばした木々が生い茂る、足場の悪い山道を、航希は用心深く足元を確認しながら、一歩一歩登っ

てゆく。
昨晩は山のふもとの駐車場で、夜を明かした。
後部シートで毛布にくるまって眠る航希に、朝の四時にあけるが『時間だぞ、起きろ』と声をかけてくれた。緊張してなかなか寝つけなかったので、目を閉じていたけれど、航希もとっくに目を覚ましていたのだけど。

——眠れたか？

太い眉が男らしくつり上がった厳しい顔で見つめられて、心配をかけないよう、

——はい。

と笑顔で答えたが、あけるは眉根をぎゅっと寄せてしかめっ面になり、

——ちょっとでも頭が痛くなったり、ふらついたり吐《は》き気《け》がしたり、眠くなったり、体が怠《だる》くて力が入らなくなったら、すぐに俺に言うんだぞ。いいか？　絶対に我慢したりするなよっ！

怖いくらい強い口調で念を押し、航希に『わかりました』と約束させた。

バスで他の登山者たちと一緒に山の中腹まで移動し、そこからはそれぞれに頂上を目指した。

密集する樹木が日射《ひざ》しを遮《さえぎ》ってくれて、登山にはちょうど良いひんやりした空気の中を進んでゆく。両脇が高い壁のようになっているのは、雪解けの水が地面を掘り崩し、溝になっていったためだと、おじいちゃんから聞いたことがある。

平日に、航希のような小学生が山に登るのは珍しいのか、

「ひょっとして初登山かい？　頑張れよ」

「おはよう、いいわねぇ、お父さんと一緒？　無理しちゃダメよ」

と通りすぎてゆくひとたちが、声をかけてくれた。

航希もドキドキしながら、

「おはようございます」

と挨拶を返す。

あけるは、航希の父親と間違えられるたび、

「くそっ、俺まだ二十代だぜ。お兄さんじゃなくてお父さんに見えんのかよ。いったいいくつんときの子だよ」

と文句を言っていた。

あけるは背は大人の中ではあまり高くないが、太い眉と鋭い眼光のせいか、とても貫禄がある。実際の年齢より上に見られているのは、きっとそのせいだ。

それに、小学三年生の男の子が一週間前に会ったばかりの男のひととふたりで登山をしているだなんて、普通は思わないだろう。

あけるはミステリー作家だという。

犬飼あけるという名前で検索したら、著作がいくつも出てきた。どれも航希には難しそうだったけれど、今度読んでみようと思う。

いつもあの地下の店で、持参のノートパソコンで執筆しているというあけるは、小学生の話に、ちょっと怖い顔で、けれどとても真剣に耳を傾けてくれて、

――小学生がひとりで山登りは無理だ。しかもはじめてだと？　山をナメんな。俺がついてってやる。

と同行を申し出てくれたのだ。

――あけ先輩、大学時代の彼女が山好きで、よく一緒に登ってましたもんね。今も、た

まにふらっと山へ出かけて消息不明になって、よれよれで戻ってくるし。特に連載の締め切り前とか。

——ひとをヤバイやつみたいに言うな。航希がびびってんだろうが。てか、山行くとネタが浮かぶんだよっ。

と、背の高いバーテンダーのお兄さんに向かって、わめいていた。

そのあいだ記憶の売買人だという、ほっそりした綺麗な男のひとは、ひんやりした顔で、カウンターでカフェラテを飲んでいた。

あけるが病院まで行き航希の両親を説得してくれて、航希はあけると山に登れることになったのだ。

——お願い、お父さん、お母さん。

——でも……航希は体が……。

——ぼく大丈夫だよ！　おじいちゃんは九歳のときはじめて山に登ったって言ってた。

ぼくと同じ歳だよ！　ねぇ、一生のお願い！

——俺が責任を持って航希くんをサポートしますから、航希くんの願いを叶えてやってください、お願いします。

航希のために、深々と頭まで下げてくれて。

お母さんがそっと涙をぬぐい、お父さんが哀しげにお母さんの肩を抱いて、

——犬飼さん、どうぞよろしくお願いします。

と、今度はふたりのほうが、あけるに頭を下げたのは、もう病気が治ることはないとわかっていたから、航希の望みを叶えてやりたいと思ったのだろう。

そうして航希は、登山靴を履き、背中にリュックを背負い、頭にヘルメットをかぶり、あけると一緒に山を登っている。

駐車場からバスに乗り山の登り口まで移動した際、連なる山々のいただきから朝日が昇ってゆくのが見えた。ひんやりした稜線《りょうせん》が淡い光を帯びて、それがどんどん山の裾《すそ》のほうまで広がってゆく様子を、これからあの場所へ行くのだ、とうとうここまで来たのだ、

本当にぼくは山を登るんだという高ぶりとともに、息をのんで見つめていた。

ごつごつした石が減り砂地にさしかかると、木々がまばらになってゆき、その向こうに真っ青な空が見え、顔を上げるとまぶしく感じられて目を細める。

「端がすべりやすくなってるから、真ん中を歩け」

とあけるに言われて、崩落した路肩からなるべく離れて、足元にもますます注意して歩いた。

そこを抜けると、さらに強い日射しが航希の上に降り注いだ。

目の前の視界があざやかに開け、短い草がまばらに生《は》えているだけの黒い斜面のはるか向こうに、頂上が見える。

まだあんなに遠いんだ……。

胸がぎゅっとし不安になったが、どこまでも広々と白い雲が波のように群れ集まり、そのあいだに小さな山が島のように浮かぶ光景に、素直に見惚れた。

「すごい……雲があんなに」

まるで海みたいだ。

「おぅ、よぉーっく見とけよ！　今日、ここで航希がそのまんまるい目で見たものを、ひとつ残らず記憶に焼きつけろ」

あけるの言葉に、航希はしっかりうなずいた。

山頂が遠くにあるということは、まだまだたくさんの景色を見ることができるということだ。

足元に転がる石は、鶏の卵のサイズから大人のげんこつほどのサイズのもの、さらにサッカーボールや、枕ほどのものや、それ以上のものまでごろごろ転がっている。

中には太い木の枝や寸断された丸太まであり、ここもまた干上がった海のようだ。

そして黒い山肌を登ってゆくにつれて、雲の波はいっそう高くなり、白い壁のように山を取り巻いている。

そのあいだに見える真っ青な空も、冷たい海水のようで。

おじいちゃんが言っていたのと同じだ。山の上には海があるって。雲の波が立って、空が青い水みたいなんだって。

――なぁ、航希。山を登っていくとなぁ、山の上に海が現れるんだ。雲がこう、綿みたいに湧き出て、山を取り巻いていてな、真っ白な波みたいに見えるんだ。

——航希がもうちっと元気になったら、じいちゃんと一緒に山に登ろうな。

ぼくは、いつ元気になるの？　と、おじいちゃんに尋ねたら、

——そうだなぁ、じいちゃんがじいちゃんの父ちゃんと一緒に、はじめて山に登ったのは九歳だったから、航希も九歳になったら、今よりきっと元気になってるはずだ。

——じゃあぼくも九歳になったら、おじいちゃんと山に登る。今、ぼくは五歳だから、あと四年もあるから、それまでには元気になる。

あとでお母さんが泣きながら、おじいちゃんに怒っているのを、航希は見てしまった。

——航希に、なんであんなふうに期待を持たせることを言うの、お父さん！　航希が元気になるかなんて、誰にもわからないのに。

そうしたらおじいちゃんは、しっかりした声でお母さんに言ったのだ。

——いいや、航希は九歳までに元気になる。九歳になったら山へ連れてゆくと約束したからな。おれが航希を必ず元気にするから、おまえも母親なら航希を信じてやれ。

おじいちゃんがそんなふうに言ってくれたことが航希は嬉しくて、絶対に九歳までに元気になるのだと思ったのだった。

そして、おじいちゃんと山へ登るのだと。

覚えておかなきゃ。

全部。

遮るものがない光がまともに頭上に照りつけ、ヘルメットの下の頭が熱い。季節は秋なのに、夏のまっただ中にいるみたいだ。

あけるは、航希にちょくちょく水を飲ませた。そうしないと熱中症になるからと。

傾斜がしだいに厳しくなり、わずかに生えていた草もどんどん減ってゆき、ごつごつした岩と白っぽい石と乾いた土ばかりになってゆく。

息が苦しい。

立ちくらみがし、頭痛がしてきた。

「あけるさん……ちょっと頭が」

「山小屋があったから、いったんそこまで戻るぞ」

あけるは厳しい声で言い、携帯していた頭痛薬を航希に飲ませた。

「すみません」

せっかく登った道を、戻ることになってしまった。

うなだれる航希の肩を、あけるが身長に比べて大きな手でつかみ、

「謝ることじゃない。今の自分の体の状態をしっかり確認することも、山を登るには重要だ。ときには戻って休むという判断も必要だ。まだ先は長いんだからな」

そう励ます。

薬がきいたのか、山小屋でスポーツドリンクを飲んで少し休んだら、頭痛もおさまってきた。

「行けそうか？」

あけるの言葉に、

「はい」

と、うなずいた。

空ではまだ太陽が、熱く輝いている。

それに焼かれながら、じりじりと山頂へ近づいてゆく。

──お医者さんが、冬までもたないって……どうしましょう、あなた。こんなこと航希には言えないわ。

──そうだな。航希には黙っておこう。

ごめんなさい、お父さん、お母さん。ふたりの話を聞いちゃう前から、ぼくは自分でそんな気がしてたんだ。

ベッドから起き上がれない日が増えて、薬のせいでぼぉっとしていることが多くなった。

もう長くはもたない。

冬には死んじゃうんだ……。

だから九歳になった今、航希はどうしても山を登りたかった。それがおじいちゃんとの約束だったから。

傾斜がさらに急になり、足元も悪くなり、頭がまた熱くなってきた。ハァハァと荒い息が耳をつく。

生まれたときから体が弱くて、学校を休みがちだった。

息がうまくできなくなることがよくあって、その夜もベッドで細い呼吸を繰り返して喘《あえ》ぎ苦しんでいたら、おじいちゃんが来てくれて、航希の手を握ってくれた。

――いいか、今、航希は山を登っているって思うんだ。

――山を登っていると、こんなふうに息が苦しくなって、ぜいぜいハァハァしてしまうんだ。汗も流れてきて、頭もふらふらする。そういうときは水を飲んで休憩するんだ。

おじいちゃんは水を持ってきて、航希に飲ませてくれた。そのあとも航希の手を握ったまま話していた。

――苦しいときは、今、山を登っている途中なんだって考えればいい。息がうまくできないのも、頭が痛くなるのも、山を登っているからなんだって。

ときどき、握った手をやわらかく揺らしながら。ゆっくり、ゆっくり、航希の呼吸が落ち着き、眠りにつくまで。

おじいちゃん、ぼくは今、山を登っている。

手のひらに、おじいちゃんの骨張ったがさがさの手の感触を思い出す。そっと手を握りしめると、おじいちゃんと手を繋いでいるみたいに思えた。


崩れかけた石段の上に白い鳥居が見える。

「あそこが山頂部だ。あの鳥居を抜ければてっぺんはもうその先だ。頑張れ」

あけるが隣で励ましてくれる。

息が切れ、太陽がまぶしい。

でも、気持ちはとても高揚し、心臓が期待にドキドキと高鳴っていて。

石段の両脇に、もじゃもじゃのたてがみと、むきむきの筋肉をした強そうな狛犬《こまいぬ》が向かい合わせにおすわりしている。

その先に鳥居がそびえている。よく近所の神社で見るような赤ではなく白い鳥居は、とても神聖に見えて、近づくにつれて、航希はもう泣きたい気持ちだった。

胸が震えて、喉に熱いものが込み上げてくる。

石段をひとあし、ひとあし、登ってゆき、狛犬のあいだを通りすぎ、鳥居の下にようやく辿り着き、白い柱に手のひらでそっとふれたとき、心地よい風が航希の頬のあたりを吹き抜けていった。

——てっぺんに辿り着いたときの気分といったらなぁ、そりゃあもう最高だ！　疲れがすーっと抜けていってなぁ。すごいことをやり遂げた気分になるんだ。そこから見おろす景色もとびっきりだぞ。

これまで航希が登ってきた道が、眼下に広がる。

風に洗われた石段、細い傾斜、長い長い砂利道、緑がまばらに生える山肌から木が生い茂る樹林、湧き立つ白い雲の群れと、その向こうに広がる青い海のような空。

そして振り仰げば、あざやかな青い空が航希の頭上にも、どこまでもどこまでも広がっていて——。

ハァ……ハァ……と息を吐きながら、航希は目を大きく見開いて、そこに映るすべての景色を瞳に、皮膚に、心に、焼きつけた。

おじいちゃん、てっぺんだよ。

ぼく、てっぺんまで来れたんだよ。

◇　◇　◇

山頂でおにぎりや唐揚げなどの昼食をとり、航希は下山した。

「山は平地に降りるまでが山だ。気を抜くなよ。疲れも出てくるから気をつけろ」

そうあけるに言われたが、てっぺんに立ったときの達成感と多幸感がまだ航希の体の中を駆け巡っていて、足元がふわふわしていて、疲れなんて感じなかった。

帰りは、火山灰が降り積もってできた黒い砂利道を、すべるようにくだってゆく区間を通る。最初のうちは靴底がずるずるすべって、スケートリンクに立っているみたいで、おそるおそるだった。

けど、あけるにコツを教わって、勢いに任せて駆け出したらうまくすべれるようになった。風がびゅんびゅん耳元を通りすぎてゆき、航希自身も風になったみたいで、めちゃくちゃ気持ちがいい。

ゴーグルやタオルで目と口をしっかりガードし、もうもうと砂煙をあげて、山の斜面をどんどん駆け下り、すべり降りてゆく。

何度か尻餅《しりもち》をついたけれど、全然へいちゃらで、楽しくてしかたがなかった。

来たときにも通った樹林へ入ると、急に気温が下がって体がひんやりしたが、高度が下がってゆくせいか頭痛はやわらいでいって、日が落ちる前に下山することができた。

青かった空が赤く染まり、山頂や山裾を金色に染めながら夕日が落ちてゆくのを、航希はゆっくりと呼吸しながら見つめていた。


「しっかり焼きつけたか」

「うん……」

「なら、もう行くぞ。じいちゃんが待ってるんだろ」

あけるの言葉に、大きくうなずいた。

◇　◇　◇

あけるが運転する車で病院に辿り着いたのは、夜だった。

病室では、ひんやりした顔つきの綺麗な青年が、病院の自動販売機で購入したらしいパック入りのコーヒー牛乳をストローですすっていた。

空のパックが四個並んでいる。

「……遅い」

「いや、じゅうぶん早ぇだろ。おまえがいつも時間より先に来すぎなだけだ。そら、当日もの の新鮮な『記憶』を届けてやったぞ。とっととはじめろ」

ベッドにはおじいちゃんが目を閉じて、眠っている。

頬は青白く、髪がすっかり抜け落ちて頭に毛糸の帽子をかぶっている。


おじいちゃん、待ってて。

おじいちゃんに、今日ぼくが見た景色を全部あげるから。


「お願いします、うたかた堂さん」

記憶の売買を生業《なりわい》とする青年が、立ち上がる。右の手のひらを上に向けて胸の高さまでかかげると、手の中にぼーっと白い光が浮かび上がった。

そこに一冊の本が出現する。

誰もふれていないのに、ページがぱらぱらとめくれはじめる。

どのページも真っ白だ。

「記憶とは、魂という名の書物に記された個々人の物語だ」

「人はそれをめくることで、物語を読み返すように己の記憶を自由にさかのぼることができる」

シンと静まり返った病室に、ひんやりした声が流れてゆく。

航希の頭の中でも、本のページがぱらぱらとめくれる音が聞こえた。そのページに綴られた文字が浮き上がり、頭の内側でゆらゆら揺れながら、耳の穴を通り抜け、外へ出てゆく感覚がして。

今度は青年の手のひらに浮かび上がる本の、真っ白なページに、黒い文字が綴られてゆく。

――お願いします、ぼくの記憶をおじいちゃんにあげてください。

通学途中の駅のベンチに誰かが置き忘れた名刺を拾い、そこに書かれた連絡先にメッセージを送った。

返事が来るのかどうかも、わからなかった。

いたずらかもしれない。

怖いひとたちがやっているインチキな商売で、大金を請求されるかもしれない。

ドキドキしながら待っていたら、その日のうちに返信があり、待ち合わせの店を指定され緊張しながら訪れたのだ。

事前に記憶を売買する青年の噂を検索していたので、金色の目と銀色の目の綺麗な男のひとが、カウンターでカフェラテを飲んでいるのを見て、このひとがそうなんだと、すぐにわかった。


――入院しているおじいちゃんに、ぼくが山に登った『記憶』をあげたいんです。ぼくが九歳になったら、おじいちゃんと山へ行く約束をしていたけど、おじいちゃんは病気になっちゃって登れないから。


夏に入る前から、おじいちゃんはずっと入院していた。

最初は元気に見えて、

——航希の九歳の誕生日までには退院できるさ。そしたら一緒に山に登ろうな。

と目を細めて話していたが、航希が九歳の誕生日を迎えても、病院にいたまま戻ってこなかった。

——ごめんな、航希……。じいちゃんは、航希と山に登れんかもしれない。航希はじいちゃんとの約束を守って元気になったのになぁ……ごめんなぁ。

生まれたときから病弱で、しょっちゅう喘息《ぜんそく》の発作を起こしていた航希は、新薬が劇的にきいて、ここ一年のあいだに普通の子供たちと変わらないくらい健康になっていた。

それはおじいちゃんが、航希の体力作りに熱心につきあってくれて、航希の体に良いものをインターネットで調べ、評判の良い先生がいる病院に連れていってくれたおかげでもある。

なのに今は、おじいちゃんのほうが寝たきりになってしまい、お母さんたちはおじいちゃんはもう長く生きられないと話していた。

おじいいちゃんは、死んじゃうんだ。

航希にもはっきりそれがわかり、世界が真っ暗になってしまったみたいな衝撃を受けて
――おじいちゃんのために、なにかしてあげたいと思ったのだ。

おじいちゃんは、ぼくとの約束を守れそうにないことを、とっても申し訳なさそうにしていた。

ぼくが、おじいちゃんを山に連れていってあげられたら。

でも、そんなこととても無理だ。

そんなとき、ベンチに置き忘れられた名刺を見て、『記憶の買取・販売いたします』という言葉に心を引かれたのだ。

もし、ぼくが山へ行って、その記憶をおじいちゃんにあげられたら。そうしたら、おじいちゃんも山に行ったことになるんじゃないか。

航希の話に真剣に耳を傾けてくれたのは、店のソファー席でノートパソコンを叩いていたあけるのほうで、売買人の青年は途中からカウンターに戻り、思いきり無表情にカフェラテのおかわりを飲んでいた。

けど、航希が話を終えて、『お願いします』と、もう一度ぺこりと頭を下げると、淡々

とした声で、

――報酬は現金の振り込みか、おまえ自身の記憶になるが、払えるのか。

と尋ねた。

――お年玉を貯金してあります。それで足りなければ、ぼくの記憶を、どれでもとってください。

――……山へはどうやって行くつもりだ。子供ひとりではふもとで保護されるぞ。

――お父さんに……頼んでみます。お父さんがダメだったら、誰か他のひとに……。

そう答えたものの、両親ともアウトドアは苦手で、他に山へ連れていってくれる大人のあてもない。

航希が暗い顔をしていると、あけるが自分が同行すると言ってくれたのだ。

――初心者が子連れで山登りは、相当キツいぞ。遭難も怖ぇし。その山なら俺は何度も登ってるから、俺が連れてってやるよ。小説のネタになるかもしれねーしな。

ありがとうございます、あけるさん。

あけるさんのおかげで、ぼくは山に登れたし、おじいちゃんに『記憶』を届けてあげられた。

無表情な売買人の手のひらで、ぱらぱらとめくれてゆく白いページに次々と文字が綴られ、それがまたとけるように消えてゆく。

おじいちゃん、ぼくは山の向こうから昇る太陽も見たし、鹿の角みたいなうねうねした木がいっぱい生えている場所も歩いたし、石や岩がごろごろ転がっている場所で、たくさん太陽を浴びたよ。

雲が高い波みたいに山を囲んでいたよ！

そこから見える空は真っ青な海みたいで、周りの山のてっぺんがあちこちから突き出しているのは、海に島が浮かんでいるみたいだったよ。

砂利道をジグザグに登っていくのは大変だったけれど、山小屋で飲んだスポーツドリンクが、とっても美味しかった。

石段にいた狛犬は、筋肉がむきむきで怖そうでカッコ良くて、おじいちゃんの若いころの写真に似てるって思ったよ。

てっぺんにある白い鳥居に、ぼくはさわったんだ。

そこから、ふもとを見おろしたんだよ。

すごく広くて、きれいで、感動したよ！

帰りに砂利の上をすべったのも、楽しかったなぁ……。

駐車場から見た夕日もきれいでね、また来たいなって思ったんだよ。

航希の目の裏に、航希が見たこと、感じたこと、思ったことが、きらきらと浮かび上がり、薄れ、消えてゆく。

航希が持ち帰った『記憶』は、おじいちゃんに届いているだろうか。

おじいちゃんは夢の中で、ぼくと一緒に山に登っているんだろうか。

だったらいいな。


ベッドで目を閉じていたおじいちゃんの手が、ゆっくりと動いた。

「おじいちゃん!」

骨張ったざらざらした手を航希が両手で握ると、おじいちゃんは目を開いて航希のほうを見た。

航希が身を乗り出す。

すると痩せて皺が増えた顔を、のろのろとほころばせて、うるんだ目をうんと細めて、目の端から涙の粒をほろりほろりとこぼして言ったのだった。

「航希……ほんとうに、元気になったんだなぁ……そうか、山は楽しかったか。良かったなぁ……」

航希の目も熱くなり、涙があふれた。

おじいちゃんは、ぼくの『記憶』を受け取ってくれたんだ。おじいちゃんに、ぼくが元気に山を登っているのを見せてあげられた。

航希の中から、その記憶はすっかりなくなってしまっていて、山がどんなふうだったのか、そこでどんな体験をしたのかおじいちゃんに話そうとしても、全然思い出せなくて――、もどかしくて、ますます涙がこぼれてきたけれど。

きっとおじいちゃんの中で、ぼくは山のてっぺんで楽しそうに笑っているんだ。

おじいちゃんは本当に嬉しそうに航希を見つめていて、航希が握っていた手をほどき、航希の頭や頬を大切そうに撫《な》でていた。

◇　◇　◇

おじいちゃんの葬儀の日。記憶の売買人が黒ずくめの格好でやってきて、航希におじいちゃんからの預かり物を置いていった。

彼はそれを、病室で航希たちが戻るのを待っているあいだに預かったという。

「おまえの代金は、おまえの祖父からもらったから不要だ」

そう言って、葬儀場の庭の木のかげで、手のひらに本を浮かべ、そこに綴られたおじいちゃんからの預かり物を航希にくれた。

文字で埋められたページがぱらぱらとめくれ、その文字がとけるように消えてゆくと、航希の耳がこそばゆくなり、そこからなにかがゆるやかに入ってくる感じがして、航希の中に、高い高いをされて、きゃっきゃっと笑う赤ん坊が浮かんだ。

それは、航希が赤ん坊だったときの祖父の『記憶』だった。

――可愛いなぁ。おれのこと見て、にこにこしてるぞ。おれは、おまえのじいちゃんだぞ、航希。

赤ん坊の航希を抱きしめ、頬をすり寄せ、じいちゃんだぞ、じいちゃんだ、おれは航希のじいちゃんんだ、ほら、じいちゃんって言ってみろと、とろけそうな声で繰り返すのに、今よりも若い航希のお母さんが、

――もうお父さんったら、航希は生まれたばかりなんだから、まだ話せないわよ。

と、あきれている。

航希が泣き出すと、おろおろしながらゆすってみたり、変な顔をしたり、ぬいぐるみを渡したりと大騒ぎで、航希が笑うと、そうか、ご機嫌がなおったか、よしよしと、頬をくっつけてくる。

祖父が見てきた幼少時代の航希の姿が、祖父がそのとき感じていた輝くような幸せや喜

びとともに、航希の中に次々と流れ込んでくる。

ああ、可愛い、本当に可愛い。

おれの孫は、なんて可愛いんだろう。

元気に育ってくれよ、航希。おっきくなったら一緒に山に登ろうな。

航希がはじめてはいはいしたときは躍り上がって応援し、立ち上がってよろよろ歩きはじめたら、ほら、こっちだ、じいちゃんのところまで来いと手を広げ、航希がそこに辿り着くと、

——よぉし、いい子だ、航希がじいちゃんの一等賞だ！

と抱きしめて、頬ずりする。

航希がはじめて『じいちゃ』と呼んだときには、喜びすぎて航希をだっこして、家の中をどたどた走り回り、お母さんに怒られていた。

おじいちゃんが航希のことを、どんなに大切にして、可愛がっていたか。航希がいて、どれだけ毎日が新鮮で、わくわくして、幸せだったかが、まっすぐに伝わってきて、航希の体の隅々まで、おじいちゃんのぽかぽかした愛情でいっぱいになる。

おじいちゃん、おじいちゃん、ぼくも大好きだよ、おじいちゃん。

おじいちゃんの孫で、ぼくはよかったよ。

幼少時代の航希の『記憶』のあと、最後に航希の脳裏に広がったのは曲がりくねった木々が生い茂る緑の樹林だった。

はじめての山登りにドキドキと胸を高鳴らせて、登山靴を履いた小さな足で一歩一歩進んでゆく。

やがて樹林を抜けると、視界がいっきに開け、空から降り注ぐ遮るもののまったくない日射しに目を閉じた。

そして目を開けたとき、草がまばらに生えた山肌に向かって、白い高波が押し寄せるように雲が湧き上がっているのを見て、

――すげー！

と声を張り上げた。

雲の群れのあいだから見える空は真っ青で、

――まるで海みたいだ！　父ちゃん、山の上には海があるんだな！

と興奮してかたわらの父親に語りかける。

それは、おじいちゃんがはじめて山に登ったときの『記憶』だとわかり、航希は胸がいっぱいになった。

航希がおじいちゃんにあげた『記憶』の代わりに、おじいちゃんは航希に、宝物みたいにずっと胸に抱いていた自分の『記憶』をくれたのだ。

航希と同じ九歳のおじいちゃんが見た山、感じた山が、航希の中に雲のように浮かび上がる。

荒い息を吐きながら、ジグザグに続く急な砂利道を登っていって、お父さんに、大丈夫か？　と訊かれて、

――平気さ！


と元気に答えて、前方に見える山頂をわくわくと見上げて。

石段まで辿り着いて、むきむきの狛犬に、また『かっけー！』と声を上げ目を丸くしにかっと笑う。

白い鳥居に、ぎゅううううっと抱きついて頰をすり寄せ、

――へへ、やったぜ。


と、つぶやいて。

そこから見おろす景色の広さに声もなく感動して、ただただ目を見開いた。

九歳のおじいちゃんが、航希の中に生きている。

航希の中で、笑っている。

売買人の青年はいつのまにか去っており、航希は葬儀場の庭にしゃがみ込み、母親が探しにくるまで涙をぽろぽろ流してしゃくりあげていた。

心の中で何度もつぶやきながら。

ありがとう、おじいちゃん。

おじいちゃんからもらった『記憶』、きっと大切にするからね。

◇　◇　◇

「あーくそっ、山に戻りてぇぇぇ！」

テーブルに置いたスマホから、ラインの着信が繰り返し告げられるのを聞きながら、あけるはノートパソコンのキーボードを叩いていた。

南があきれ顔で言う。

「締め切りぶっちぎって航希くんにつきあって山登りするとか、男前というか、向こう見ずというか……オレ、あけ先輩の担当にはなりたくないです」

そう言いつつこまめにコーヒーのおかわりを入れに来たり、片手でつまめるサンドイッチを用意してくれたりする。

「間に合う予定だったんだよ。くぅぅ、どこで計算が狂った」

担当からの催促の着信音に追い立てられながら、執筆を続けていると、ひんやりした顔をした細身の青年が店に現れた。いつもモノトーンに身を包んでいるが、今日は黒ずくめだ。

カウンター席に座りカフェラテを注文する。

「航希のじいちゃんの葬儀に行ってきたんだろ。航希にじいちゃんの『記憶』は渡せたのか」

あけるの言葉に無表情のまま、

「……ああ」

と短く答える。

「そうか。航希にとっちゃ、なによりの宝物だろう。おまえ、いいことをしたな一夜。航希から代金もとらなかったし」

代わりに祖父のほうからじゅうぶん支払ってもらったと淡々と答えるが、その交渉をしたのは多分彼自身だろう。

コーヒー牛乳のパックを四つも空にするほど長く付き添って、いったい航希の祖父とどんな話をしたのか……言葉が少なすぎる青年から、いつか聞き出してやらねば。

今は迫り来る入稿のデッドラインと戦いながら、しみじみ言う。

「おまえも、だいぶ人間らしくなったよな。はじめて会ったころは、どうしようもない冷血小僧で、融通もまったくきかなかったのに」

最初は死に神か悪魔に見えた。

本来ひととして持ち合わせているべきものが、そっくり欠落していると。

実際、青年は空っぽで、売買人としての知識や最低限の生活習慣以外の記憶をほぼ失っていると知ったのは、妙花の事件の少しあとだった。

——って、おまえ、記憶がないのかよ！

——必要な記憶はすべてあるから、困らない。

感情のない瞳で淡々と答えていたが、彼が美しい記憶に惹《ひ》かれているように感じるのは、失われた記憶の中に、そうした美しく、あたたかな物語があったからではないか。そして空っぽになった今も、心を埋めるものを無意識に求めているのではないか。

全部あけるの想像にすぎないのだけれど……。

「なぁ、一夜、おまえの仕事は、ひとのやわらかな部分と深く関わる仕事だ。おまえのした仕事が、誰かの喜びになったり希望になったりする。そんなとびきりの仕事だ」

「いい仕事をしろよ、一夜」

「おまえ自身の喜びや誇りになるような仕事を、重ねていけ」

キーを叩きながら、画面を見つめながら、ひとりごとのように語るあけるの言葉を、空っぽの青年は聞いているのかいないのか……。

カウンターから返事はない。

今はそれでいい。

けれど、いつかあけるが、記憶の売り買いをする綺麗で無口な青年の物語を綴るとき、それは美しく優しい話であってほしい。

そう、ときどきおかしくもあり、くすりとしてしまうような。そしてひとの心の美しさに思わず涙してしまうような――胸が綺麗に透きとおってゆくような、愛おしい、あたたかい話になるといい。

そんなふうに思いながら、あけるはキーを鳴らし続けた。

本書は書き下ろしです。

〈著者紹介〉

野村美月（のむら・みづき）

2001年、『赤城山卓球場に歌声は響く』で第３回ファミ通エンタテインメント大賞（現・えんため大賞）小説部門〈最優秀賞〉を受賞しデビュー。代表作に「文学少女」シリーズ、「ヒカルが地球にいたころ……」シリーズなどがある。

記《き》憶《おく》書《しょ》店《てん》うたかた堂《とう》の淡《たん》々《たん》

2020年7月20日　第1刷発行　　定価はカバーに表示してあります

著者……………………野《の》村《むら》美《み》月《づき》

発行者……………………渡瀬昌彦

発行所……………………株式会社 講談社

〒112-8001 東京都文京区音羽2-12-21

編集03-5395-3510

販売03-5395-5817

業務03-5395-3615

本文データ制作…………講談社デジタル製作

印刷……………………豊国印刷株式会社

製本……………………株式会社国宝社

カバー印刷………………株式会社新藤慶昌堂

装丁フォーマット………ムシカゴグラフィクス

本文フォーマット………next door design

ISBN978-4-06-520404-7　N.D.C.913　316p　15cm

講談社
タイガ

ひまりさんシリーズ

野村美月

晴《はれ》追《おい》町《ちょう》には、ひまりさんがいる。

はじまりの春は犬を連れた人妻と

イラスト
志村貴子

心に傷を抱えた大学生の春近《はるちか》は、眠れない冬の日の深夜、公園に散歩に出かけた。「二月三日は、『不眠の日』です」。そこで彼に話しかけたのは、ひまわりのような笑顔を浮かべる、人妻のひまりさんだった。もふもふの白い毛並みのサモエド犬・有海《ありうみ》さんを連れた彼女とともに、晴追町《はれおいちょう》に起こる不思議な謎と、優しい人々と触れあううちに、春近はどんどんひまりさんに惹かれていき……。

講談社タイガ

ひまりさんシリーズ

野村美月

晴《はれ》追《おい》町《ちょう》には、ひまりさんがいる。

恋と花火と図書館王子

イラスト
志村貴子

夏祭り花火の目玉〝虹のエール〟三百玉が消失！　現場には、『ごちそうさまでした』と書かれた、犬の足跡つきの紙が……！　事件に遭遇した大学生の春近《はるちか》は、どんな謎もきれいにしてくれるひまりさんに相談を持ちかける。電話ボックス落書き事件、町のアイドル・図書館王子の恋心、傷ついた少年の秘密——晴追町の優しくも不思議な事件を、春近は彼女と解決に乗り出すが……？